都市傳說體驗館
URBAN HUNT
4
集體潛意識

點子出版
IDEA PUBLICATION

目錄
Echo.1
屯門死亡公路·續
008
Echo.2
最終遊戲
052
Echo.3
潛意識空間
078
Echo.4
消失的洛杉磯
102
都市傳說體驗館
4
URBAN HUNT
集體潛意識

Echo.5
開膛手傑克
130
Echo.6
集體潛意識
172
Echo.7
LAST ROUND
208
Echo.8
慾望之館
256
後記
294

前情提要

女歌手 Kanna 與新界鄉黑陸金聯手，以為勝券在握。可他們沒想到，凌志剛還藏著一張王牌——「阿龍」，一個用遊戲分數硬生生創造出來的活人。

子晴再次進入『屯門死亡公路』遊戲主題。小時候，他在這個遊戲裡死過一次。Diana 為甚麼要讓他重玩這個要命的遊戲？

遊戲進行到一半，所有人都殺紅了眼。為了保護 Rose，子晴也徹底瘋了。

此時此刻，洛杉磯正被滔天海嘯吞沒。廢墟中，神秘男子 Michael 現身。他說 Diana 阻止不了唯一神降臨。

他指的究竟是甚麼？

1
屯門死亡公路．續

都市傳說體驗館4
U R B A N H U N T

浪花拍打著沙灘，一次又一次，然後無力地退回海中。

屯門公路的都市傳說遊戲，過關條件本來是揪出潛伏的冤魂，誰知遊戲進行到一半，就變成了參加者之間的互相殘殺。

是冤魂操控了人心，還是人性本就如此？

子晴看著沙灘上的混亂，血浸透他的視線。從最初的驚恐、不解，到後來的無奈、憤怒，如今他的心境已然平靜。在無數人的鮮血濺落眼前後，他終於領悟出了結論——

「遊戲需要參加者，只要有參加者，遊戲就無法進行——」

於是子晴決定親手結束這荒唐的一切。

就在剛剛，又一名黑袍人被切成了十幾塊碎肉。

外圍還有幾十名普通參加者，此刻全都恐懼地把子晴和 Rose 圍在中心。

看著同伴的殘肢碎塊，最靠近子晴的黑袍人抖著說：「不如咁！我哋唔再搞你同你條女，你放過我哋得唔得！」

小嘍囉慌不擇言，畢竟看著十二個同伴在眨眼間被分屍，陳牧師又遲遲不出手，任誰都只顧自己保命。

子晴卻搖搖頭，「今日無論如何，你哋都要死喺呢度，因為我要結束呢一切。」

「你……你係咪黐咗線？」

「我冇黐線，只係終於清醒。」

「咩清醒？你殺死我哋又點樣結束一切！」

「一個冇人嘅遊戲仲點繼續？殺晒所有人，呢個係終結遊戲最直接嘅方法。」

「你以為 Diana 會畀你咁做咩！」

黑袍人臉一陣青一陣白。他偷偷瞟了眼子晴，又瞟了眼站在子晴身後的龐克女，那個叫 Rose 的女子。

「不如你勸下佢，咁樣落去唔係辦法！」黑袍人轉而向龐克女求救。

「吓，唔係你哋撩我哋在先？」

Rose 根本不關心眼前這些黑袍人的死活，她只擔心子晴會一步步迷失自己，墮入他想要終結的黑暗。

黑袍人急忙解釋，「我哋都係被迫！」

「被迫？」Rose 嗤笑一聲，「我見你哋玩得好開心喎。」

「唔係，我哋同你一樣，都想離開呢個遊戲──」

噗！鮮血突然飛濺。

所有人都愣住了。剛才還在說話的黑袍人，胸口突然多了個血洞。

子晴看過去，陳牧師右手還保持著揮出的姿勢，掌心殘留著詭異的紫黑光芒。

「廢物。」陳牧師慢慢把手放下，眼神掃過沙上那具倒下的黑袍人屍體，「向敵人乞求憐憫，乃係對 Diana 大人嘅褻瀆同背叛！」

隨著殺戮氣息的蔓延，站在附近的其他黑袍人瞬間感受到了上位者的震怒。他們為保命紛紛跪下，對陳牧師連連磕頭：「教祖英明！清理我教敗類！我哋一定唔會背叛 Diana 大人！」

「嗯……」陳牧師微微頷首，陰冷的目光重新轉向子晴和Rose。

陳牧師不是別人，正是聖館教會的創始人兼教祖。是他帶頭把「都市傳說體驗館」當信仰，把等同遊戲自身的Diana當成神明一樣供著。是他煽動人群，借伸張正義的名義去剷除自己的心頭大患子晴。

他不能說沒有驚訝。因為一直以來，不肯殺人的子晴竟然狠下殺手。這真的讓他有點意想不到。

但只是一點點的意想不到，他不是怕。

「通通都讓開！」陳牧師一把推開擋路的人群，「呢個子晴始終要由我嚟親自肅清！」

在這裡，只要贏了遊戲，任何願望都能實現。財富、地位、年輕、永生……他怎能容忍有人毀掉這個美夢？

「只要搞掂子晴呢個麻煩精，到時想要咩都不成問題……」他心裡盤算著殺死子晴後如何向Diana邀功。

這世上的蠢材就是太多，像子晴這種傻瓜，放著好好的遊戲不玩，非要跟主辦方作對。他陳牧師可是識時務者，只要站對隊，好處自然源源不絕。

「子晴呀子晴……你居然如此天真、傲慢，以為憑一己之力可對抗眾人！」

「你好可憐。」

「你……！」

這話完全點燃了陳牧師的怒火。這個子晴從來沒把自己放在眼裡。今天就是為了自己這張老臉，也得把這目中無人的廢青撕開兩半！

哈哈哈哈哈哈哈哈哈……陳牧師仰頭狂笑起來。笑到一半，他胸口突然鼓得老高。

陳牧師胸口像是被甚麼活物頂著，一陣蠕動，伴著那瘋狂的笑聲，一個猙獰的鱷魚頭硬生生從他胸腔破體而出。

「嘩——」這些參加者雖然在這遊戲裡見慣了怪物，甚麼都市傳説、殭屍怨靈沒見過，但眼前的一幕還是讓他們雙腿發軟。

子晴看著陳牧師，眼神淡漠。聖館教會的黑袍人信徒卻一眼就認出來了。這個鱷魚頭不是別的，正正是他們十分懼怕的阿米特……

「哈哈哈哈……」

這頭埃及審判之獸「阿米特」平時是陳牧師用來懲罰不聽話信徒的工具。陳牧師為了力量早已瘋狂，不僅殺掉世上唯一真心關心過他的社工姑娘，甚至主動請求與阿米特「結合」，心甘情願拋棄人的模樣。

陳牧師的笑聲漸漸停了，他頭歪到一邊，像睡著一樣。可就在這時，他胸口上的鱷魚頭卻猛地睜開眼睛。

這種情況，就好像陳牧師的身體被阿米特支配著。

「人類，你嘅心臟有幾重？」鱷魚頭開口了。

子晴臉色一變，忽然單膝跪地，捂著胸口猛喘氣。

「子晴！」她身後的 Rose 臉色煞白，急上前一步想扶住他，卻被一股力量彈開。

更詭異是，沙灘上空不知從哪冒出一堆純白色的羽毛，像下雪一樣飄下來，落在沙子上、落在人身上。

其他人也不懂反應，嘴裡嘀咕著「搞咩」，東張西望。

「如果你嘅心臟比羽毛重，就係有罪。」鱷魚頭低頭看了眼陳牧師的手，那隻佈滿老繭的手掌上，不知甚麼時候多了一顆鮮紅的心臟，「撲通撲通」地跳著……

「羽毛？」

Ace 看著天上忽然降下羽毛，隱隱有些不安。

他拾起地上一片羽毛，看起來只是再普通不過的鳥類羽毛，沒甚麼特別。

可是好端端的遊戲中途，怎會忽然降起羽毛？周圍的人也都抬頭看著天空中飄落的羽毛，大家都很疑惑。

「大家！大家！你哋聽我講，隔籬有冤魂出現！」忽然一個女人跑了過來大叫道。

她穿著護士服，大口喘氣，全身不停顫抖。

剛才還在觀察羽毛的人，此刻全被護士女的說話吸引過來。

「你話咩話，隔籬有冤魂？」一個高大的男人走過去問。

「係！我哋嗰邊有人俾冤魂上身，但因為有人猶豫，結果俾冤魂乘虛而入殺咗好多人！」

聞言，人群中爆發出一陣恐慌的呢喃。

Ace 將手中的羽毛隨手一丟，心想這時機也太巧了吧？正好天空降下詭異羽毛的時候，就有人跑來報告冤魂殺人？

「咁其他人呢？得你一個走到？」Ace 冷不防拋出問題。

護士女被 Ace 這一問，表情微微一滯，「冇其他人嚟過呢邊咩？……咁我都唔知！走嘅唔止我一個，或者佢哋去咗第二邊！」

「呢邊都可能好快會有冤魂出現，大家一定要即刻殺咗佢！先下手為強！」護士女好像刻意轉移話題，其他人一擁而上，你一言我一語，所有問題都向那女人問。

Ace 沒有湊上前，而是瞇起眼睛，打量著眼前這個喘著粗氣的女人。

他回想著遊戲開始的那一幕：幾架巴士突然失控衝下山坡，他清楚記得當時至少有五、六架巴士，每架巴士都向不同方向滑去。唯獨他們這一架，最終撞入了這片叢林裡，而其他巴士究竟衝去了哪裡，無人知道。

當他再次睜開眼，他和巴士上其他十幾個不認識的參加者就被分散到了這片隨機的叢林裡。

今次遊戲規則很簡單——找出隱藏在他們中的冤魂，將其消滅。

一開始，大家眼神都充滿了猜疑，怕對方可能是冤魂或已經被冤魂上身，但過了大半小時，這片叢林仍風平浪靜，甚麼事都沒發生。Ace 心想八成那個冤魂不在這邊，決定去尋找失散的子晴等人。

就在他準備動身的當口，一個女人就跑過來了，上氣不接下氣地喊著，其他地方出現了冤魂。

Ace 皺眉，覺得這故事漏洞百出。

如果真是死了那麼多人，為何只有她一個逃出來？就算大部分人都被冤魂殺了，不該還有其他倖存者一起跑過來嗎？更可疑的是，她像瘋了一樣催促眾人「先下手為強」。

這急切的語氣、這太明顯煽動的言論，讓 Ace 的警覺性直接拉滿。

「啊——你做咩……」

本來包圍護士女的眾人如同被電擊一般彈開，紛紛後退。

「啊！！！」有人驚恐大喊。

Ace 迅速轉頭，瞳孔驟縮。

那個剛才還喋喋不休的護士女，此刻雙手按著脖子，指縫間不斷湧出血。她雙眼瞪大，似乎不明白為甚麼會這樣。

護士女身後有個男參加者站在那裡，嘴角掛著一絲奇怪的微笑。他手上拿著一塊染血的碎玻璃。

「冤魂！」有人顫抖著指向那男人手上的碎玻璃。

現場瞬間亂了。眾人退得遠遠的，手忙腳亂地找尋任何可以當作武器的東西，眼睛緊盯著那個明顯已被冤魂附身的男人。

「去死啦冤魂！」幾個被恐懼沖昏頭腦的人，聽信了護士女臨死前的話，認定不立刻殺死冤魂就會被殺。他們揮舞著臨時武器，朝著那微笑男人撲去。

Ace 看見這一幕，一個箭步衝到眾人之間。

「大家冷靜啲先！」他大吼，雙手一按，將那個詭笑的男人壓倒在地，然後高舉一隻手阻擋那些已經紅了眼的人們。

「冷你老母！」一個臉上有疤的男人怒吼，他握緊著手上木棍，「個護士已經俾冤魂殺咗！」他看著地上的女屍，「佢話過如果唔即刻殺死冤魂，我哋都會好似佢咁樣㗎！」

「係呀！係呀！」人群附和，表情充滿恐懼。

Ace 只好說：「咁我而家咪撳住咗佢囉。係死都我死先，你哋驚乜？」

「呵！我知喇！」有疤男人突然一拍腦門，好像恍然大悟，「你係咪 Diana 派嚟搞亂檔！」

「我搞亂檔！？」Ace 眼神一怒，一一掃過每個人，「係你哋俾個女人迷惑咗都唔知！」

「吓，我哋俾佢迷惑？」

「個女人本身就好可疑。點解佢一出現，冤魂跟住就出現，真係咁蹺？點解佢不斷叫我哋先下手為強，到底係想救我哋，定係佢只係想見到人死？」

叢林一時寂靜無聲，只有那被壓制的男人發出的低吼。

「佢咁講有咩錯？」有疤男人仍不甘心，「唔先下手為強就會俾冤魂有機可乘！」

「咁如果殺嗰個根本唔係冤魂呢？如果我哋殺錯無辜呢？」

「咁……」有疤男人一時語塞。

「所以我想大家諗清楚，到底嗰番說話可唔可信。」

一個捧著厚書本的瘦削女從人群後方擠到前面，她吞了口口水，「你係咪想話……呢個走過嚟嘅女人有機會一早已經被上身？」

這話一出，有些人一愣，顯然沒想過有這個可能性。

「我的確咁諗。」Ace 接過話，微微點頭，「冤魂上咗佢身，故意講呢啲要我哋自相殘殺。佢要我哋先下手為強，係因為唔想畀時間我哋思考。」

「但係個護士都死咗喎！」有疤男人搖頭，「如果佢係冤魂，點解冤魂仲喺度？」

大家都明白他的意思是冤魂上身後，宿主一死，冤魂理應跟著消亡。

一個穿著 Lolita 裝的蘿莉臉女生站上前，提出了一個驚人的假設：「我估，冤魂可能可以不斷轉移。」她指了指被 Ace 壓制的男人，「個護士死之前，冤魂已經轉移咗落呢個人度。」

所以死的第一個人就是那個護士女，她被交還了身體，冤魂為了滅口，轉移後立馬就殺了她，不給任何暴露機會。

恍然大悟的表情在每個人臉上一閃而過。人群後方傳來一個顫抖的聲音：「咁點算？如果佢不斷轉移，我哋根本殺佢唔到。」

這時，被 Ace 壓在地上的男人突然爆發出一陣笑聲，「哈哈哈哈，係囉！你殺我唔到，但我可以殺死你哋每一個人！」

那聲音尖銳至極。

「你哋唔會知下一個係邊個俾我上身，你哋一鬆懈就會冇命！」冤魂臉上沒有一絲慌亂，反而越發囂張。它心知肚明，被識破又如何？這群人類依然拿它毫無辦法。

這笑聲瞬間讓在場每個人後背冒出一層冷汗。

「收嗲啦！」Ace 抓起地上一把泥土，直接塞進了冤魂的嘴裡，讓它只能發出支支吾吾的聲音。

Ace 閉上眼想了一會。

「我有一個辦法，唔知 Work 唔 Work。」Ace 如實說。

「乜辦法？」人群中立即有人問。生死關頭，哪怕只有一絲希望，也值得一試。

「就係……」Ace 話說一半，突然停下，目光掃過在場的每一個人，似乎在評估甚麼。

接著，他做了個讓所有人都想不到的舉動。

Ace 騰出一隻手，同時膝蓋死死抵住身下掙扎的冤魂，確保這東西動彈不得。然後他迅速掏出手機，手指在螢幕上快速敲打。

當他把手機亮給眾人看時，螢幕上只有四個字：「唔好跟嚟」。

大家看了後，雖然一頭霧水，但都沒有作聲。

就在這時，Ace 目光突然鎖定了一個戴暗紅色頸巾的女參加者。

只見他嘴唇微動，低聲吐出幾個音節。下一秒，那女人脖子上的頸巾就消失了。

「咦？」那女人愣了一下，摸了摸自己光溜溜的脖子。

頸巾瞬間就套在冤魂頭上，蒙住了它雙眼。沒人看清這是怎麼發生的，中間的過程像被跳過了一樣。

「Freeze——」

一個清晰的單詞從 Ace 口中喊出，所有人都感到時間有那麼一絲詭異的顫動。等大家回過神來，Ace 和冤魂已經瞬間移動到了五、六米外的地方。

「Freeze——」

又是一聲，草叢晃動，Ace 和冤魂的身影已經從眾人視野中消失。只有他的聲音還斷斷續續傳來，越來越遠。

人群中幾個人注意到了這詭異的一幕，眼中閃過了然的神色。這擺明是 Ace 的能力，而且十之八九和「時間」有關。

他們見有人躍躍欲試想要追上去，一個拿著滑板的街頭少年立刻伸手攔住，「唔好追！」

他嗓音壓得極低，剛好能讓周圍人聽見，卻不會傳得太遠，「我都想要隻冤魂嘅分數。但如果冇辦法可以確保殺死冤魂，你跟過去只會害死大家。」

周圍幾個人雖然不甘心，也只能悻悻作罷。

「Freeze——」

「Freeze——」

聲音越來越遠，Ace 借助時間的優勢，每次都能讓自己和冤魂位移一段距離。短短幾秒鐘，他已經帶著冤魂遠離了眾人。

冤魂掙扎著，試圖理解發生了甚麼。它想轉移宿主，逃出這個不妙的處境。

但已經太晚了。

Ace 已經把它帶到一片人跡罕至的區域，周圍只有高聳的樹木和風聲。這裡沒有其他活人，沒有可以讓冤魂轉移的對象。

噗——

冤魂後背撞上一棵粗壯的樹幹，頭上那條暗紅色頸巾應聲滑落。

它終於看清了四周環境，也看清了 Ace 臉上那冷峻的表情。

「放棄啦。呢度得返我同你。」

Ace 心裡明白，他在短時間內連續發動能力，自己也到了極限。

「聰明嘅人類。」冤魂擠出一絲不自然的笑容，「你點睇得出？」

「好簡單，個女人嚟咗之後先有其他人被上身。」Ace 每說一個字都在觀察冤魂的反應，「所以我估，你上身係咪有距離限制，先要借助嗰個女人行過嚟。」

所以 Ace 決定把冤魂帶到一個沒有其他參加者的地方。如果他猜對了，冤魂就會被困在這具身體內，無處可逃。

它慢慢直起身子，「咁你自己唔驚？我可以上你身。」

Ace冷笑一聲，站在原地不動。「你咪試下囉。點啫，係咪俾我講中咗啫？你上身係咪有距離限制？」

「哈哈。」冤魂乾笑了兩聲，既沒承認也沒否認。「所以你帶我嚟呢度，諗住斷我退路，等我冇得再上其他人身？」

Ace暗自慶幸自己借來的那條頸巾確實派上了用場。蒙住它的眼，讓它在第一時間無法做出反應，為自己爭取了時間。

「就當你估中，」冤魂的語氣突然轉為挑釁，「就當我離開唔到呢個身體，」它指了指自己現在寄宿的軀體，「我係冤魂，根本唔怕死。你殺我，只會殺咗呢個無辜嘅人類。」

「乜係咩？」Ace嘴角微微上揚，露出一個令冤魂感到不安的微笑，「既然你唔怕死，咁點解頭先唔直接上身之後自殺，咁樣成件事簡單好多。」

冤魂的表情凝固了一瞬。

「你以為可以呃到我？」Ace向前邁了一步，逼視著冤魂的眼睛，「實情係你怕死。呢個身體一死，你都會跟住一齊消失。係咪？」

「錯！」冤魂激動反駁，反應過度恰恰證明了Ace猜測得對。

「我係咪錯，要試下先知。」

話音未落，Ace 已經繞到冤魂靠著的樹幹後方，那條滑落的暗紅色頸巾不知何時已經回到他手中。

頸巾繞上冤魂的脖子，Ace 雙手各執一端，用力向後扯。

冤魂立即掙扎，雙手狂抓脖子上的頸巾。

「你唔好唔記得，呢度唔係冇其他人！仲有你！」冤魂艱難地擠出這句話，語氣中既有威脅也有恐懼，「只要我上到你身，我就贏！」

它佔據的身體，雙眼漸漸因缺氧而外突，臉慢慢變成青紫色。

「『只要你上到』。」Ace 用腳踩著樹幹借力，手上的力道絲毫不減，「你上到一早上咗，仲畀機會我講咁多嘢？」

冤魂沉默了。

這一刻，它才真正感到恐懼。它意識到自己可能真的踢到了鐵板。

冤魂發出垂死的嘶啞聲，已經無法組織語言。即使能說話，它也無法反駁。因為它已經完全被對方猜中了，所有的偽裝和謊言都被一一揭穿。它輸了。

它早就對Ace的身體垂涎三尺，試過多次上身但一直不成功。這小子身上有種不明的東西，像一道牆，把它拒之門外。

掙扎漸漸微弱，冤魂雙手無力地垂低，軀體癱軟，只有Ace手中的頸巾還支撐著它不至於倒下。

就在這時，一道空靈的女聲在空間中迴蕩：「冤魂已被消滅，本次體驗已經結束。」

Ace前方的空氣像有形之物般裂開，出現了一個漩渦，漩渦的另一側，隱約可見熟悉的歌劇廳環境。

遊戲結束了。

他賭贏了。

Ace急忙鬆開緊握的頸巾，將那個才剛死去的男參加者，平放在地上。

Ace伸手檢查，他沒有呼吸，沒有脈搏。

「大劑。」Ace 咒罵一聲，立即跪在男人身旁，開始做心肺復甦。

「醒呀！醒呀喂！」Ace 一邊做人工呼吸，將氣息吹入那仍暖的嘴唇，然後又繼續按壓他心臟。

Ace 知道缺氧而心跳停頓，只要四分鐘內做心肺復甦及人工送氧，就有機會恢復心跳。

「大佬求下你快啲醒，你仲咁後生，睇你個樣都似 A0，係咪甘心女仔手都未拖過就死？」

Ace 滿頭大汗，比剛才直面冤魂還緊張。如果救不回來，那他就是親自害死了一個人。

他不是沒殺過人，但他殺的那些都是想殺他的人，無辜的人，他從未害過。

這是他給自己定下的底線。

男人手指頭好像動了動。

錯覺嗎？Ace 停下按壓，把頭放在男人胸上，全神聆聽。

然後，他感覺到了，微弱的跳動，但確實存在。胸口重新開始有了起伏。

男人的眼皮動了幾下，慢慢睜開。

「……你係邊個？」男人一臉迷惘地看著眼前這個陌生人。

「哈。」Ace 鬆一口氣，懸著的心終於落地，露出了整場遊戲以來第一個真誠的笑容。

「你頭先俾嘢上身。不過已經冇事。」

他簡單交代一句就完事，只要人救回來了，他理都懶得再理這個還在狀況外的倒霉蛋。

疲憊感隨即襲來，Ace 靠在一棵樹上，深深嘆了口氣。

他從錢包摸出一個平安御守，那是 Judy 去日本出差時，從神社帶回來的。記得當時 Judy 一臉認真，非要他隨身帶著，說甚麼能保他平安。他覺得這些不過是哄騙遊客的東西，但還是順了她的意，一直放在錢包裡。

他在想，會不會就是這個御守保護了他，讓冤魂無法上他身？

他低笑一聲，聲音裡藏不住柔情：「傻女，可能真係有用。」

在這個無法解釋的遊戲裡，誰又能斷定甚麼是真甚麼是假？那些他過去嗤之以鼻的東西，或許真有著他無法理解的力量。

他收好御守，抬頭望天，說不定，真的是Judy在天上守護他。

雖然遊戲已經結束了，離開遊戲的出口也出現了，但是這邊的緊張氣氛一點也沒有舒緩過。

所有人的目光都投向陳牧師。

現在身體的主人，阿米特，無視了出現的漩渦，操控著陳牧師的身體緩步走到眾人面前。

「死後審判，心臟比羽毛重，代表罪孽深重——」從陳牧師口中發出的聲音明顯不是他自己的。

陳牧師的手上憑空出現一個天秤，他另一手上的心臟——一個還在跳動、屬於子晴的心臟，飄上了天秤的一方，另一方則是一根潔白羽毛。

在所有眼睛的注視下，天秤開始移動了，慢慢地、不可阻擋地向心臟那邊傾斜。

然後，天秤直壓到底，完全斜向心臟那一邊。

「好明顯，你靈魂已經罪孽深重。你心臟將被我阿米特吞噬。」

心臟竟然離開了秤盤，如有靈性般飄向陳牧師胸口。那鱷魚頭張開血盆大口，鋒利的牙齒閃著寒光。

一口咬下！

血濺。

子晴雙眼反白，向前倒下。

「子晴……？」

站在她後面的 Rose 呆呆地看著子晴倒下的身影，大腦一片空白。那種震驚超出了她的認知範圍，以至於她的思維完全停滯。

其他參加者看在眼內，也都呆若木雞。

幾秒鐘的呆滯後，Rose 猛然回過神來，發出一聲撕心裂肺的悲鳴。

「子晴！！！」Rose 的眼睛瞬間充滿淚水，她的身體像是被抽走了全部力氣，又像是被注入了某種瘋狂的能量。

Rose 衝上前撲到子晴身邊，阿米特只是在一旁冷眼看著。Rose 一把將子晴摟在懷裡，顫抖的手不停拍打著子晴的臉頰，想喚醒他。可是子晴沒有反應。

「子晴……你唔好嚇我……你應下我……」Rose 不停喊著，眼淚啪嗒啪嗒地砸在子晴慘白的臉上。

這一切發生得太過詭異，其他人互相交換著困惑和驚恐的眼神，一時之間也不相信子晴就這麼死了。

同時，陳牧師胸口那個鱷魚頭慢慢閉上眼，然後一點點縮了回去。

陳牧師身體稍微晃了晃，眼神有些渙散，像剛剛經歷了一場精神出竅。

「各位無需再恐懼，」陳牧師再次開口，這次是他自己的說話腔調，「因為我，已經為大家除去咗子晴。」

他嘴角那抹微笑依舊讓人毛骨悚然，好像對剛才發生的一切了然於心，甚至是樂在其中。

有幾個人警惕地盯著陳牧師，大家似乎都仍被剛才的阿米特嚇住。

陳牧師注意到了，咧嘴一笑，「安心！阿米特只會吞噬被我判定罪孽嘅心臟。」

終於，一個化著濃妝但這刻已是面如土色的女人，顫抖著聲音，「佢……佢真係死咗？」

「當然，」陳牧師一腳踢起地面的沙土。沙粒揚到子晴臉上。

「你覺得呢副軀殼仲有半點生命可言？」陳牧師冷眼看著在地上不動的子晴，「無人逃得過阿米特嘅審判。」

聽到確認，現場眾人終於鬆了一口氣。就算陳牧師和他那個見鬼的阿米特再恐怖，至少最可怕的子晴已經死了，這讓大家心頭的大石總算落地了一半。

「但威脅仲未完全清除——」

陳牧師又轉回身，目光掃視著在場的每一個人。最後，他的視線停在了 Rose 身上，那個仍然伏在子晴胸口痛哭的女孩。

「此女乃係子晴嘅黨羽，留住佢，無異於養虎為患！」

丟下這句話後，陳牧師不急不忙，雙手背在身後，靜靜觀察著眾人的反應。

他這麼說一來是真有這個心思。在他眼裡，凡是子晴身邊的人都是潛在威脅；二來是在試探大家的忠誠度，看看誰敢違抗他的意思。

靜默只持續了短短幾秒。

跟隨陳牧師的信徒早已知道他的心思，他們毫不猶豫地首先和應，「教主講得無錯，反骨子晴嘅黨羽，必須斬草除根！」一個穿黑袍的男子大聲說。

「教主嘅說話就係 Diana 嘅旨意！違抗者，必遭天譴！」另一個女信徒也說，她聲音雖然不大，但狠厲得可怕。

在場的人，有一半是陳牧師的信徒，他們自然爭著鬥大聲表忠。

另外一半的人，原本只是單純為了參加遊戲而來，並不知道會捲入這樣的事件。但親眼見識了陳牧師的恐怖手段，連子晴都被他殺了，誰敢馬上站出來唱反調？

他們面面相覷，有幾個人低聲議論起來。

「……咁好似唔係幾好喎？」一個戴著口罩只露眼睛的男子小聲說：「之前係冤魂上身先冇辦法，而家冤魂都消滅咗……佢只係個普通女仔。」

「係囉，會唔會有啲做多咗？」另一個大學生模樣的女生也說：「之前我哋想嘟佢，係因為佢俾冤魂上身，仲攻擊我哋。但而家我哋殺佢……純粹就只係謀殺……？」

「你哋邊個講謀殺！」一個信徒立刻轉頭怒視他們，臉上露出不滿，「教主都話咗，佢係子晴嘅同黨！個子晴想殺晒我哋，佢嘅同黨都會！」

「係囉，點知條女係咪做戲，趁我哋唔覺意殺我哋報仇？」另一個信徒也惡狠狠地盯著那幾個人，「懷疑教主決定，你哋係咪想作反？」

那幾個人立刻噤聲，但臉上的不安更加明顯。一個穿牛仔外套的男子咬了咬牙，像是要鼓起勇氣說甚麼，但看到陳牧師那雙陰冷的眼睛掃過來，頓時又說不出了。

「我……我只係覺得……」他結結巴巴。

「你覺得點樣？」陳牧師笑著盯著他。

「冇……冇嘢喇……」那人低下頭，額頭上已滲出冷汗。

「牧師你想點就點啦！」另一個人趕緊打圓場。

其他人也從善如流，表現出對陳牧師的服從，即使內心可能充滿了恐懼和排斥。這就是人性，在恐懼面前，很少有人能堅持原則。誰都不敢為了一個素不相識的人拿自己的命去賭。

「哈哈哈哈……」陳牧師臉上的笑容越發得意。

他終於除掉了心頭大患子晴。從今以後，他就是這裡的老大，所有人都得乖乖聽話，遊戲分數全歸他所有，想實現甚麼就能實現甚麼。想到這，他那張臉幾乎要笑裂了。

陳牧師慢慢走向依然抱著子晴屍體痛哭的 Rose。Rose 的耳朵裡只有自己的心跳聲和抽泣聲，所有的感官都集中在已經冰冷的子晴身上。她甚至沒有察覺危險正一步步逼近。

「我會畀你一個痛快。」陳牧師聲音裡帶著虛假的憐憫，好像正在施捨甚麼天大的恩惠。

他舉起手，高高懸在 Rose 的頭頂——

一片黑暗中，子晴的意識漂浮著。

他感覺不到呼吸，感覺不到心跳，卻仍然「存在」。

死亡並不是他想像的那樣一片虛無，反而像是意識被抽離了身體，墜入了一個完全陌生的維度。

「我已經死咗？」子晴模糊地想著，記憶中最後的畫面是陳牧師那恐怖的鱷魚頭和劇烈的胸痛。

他感覺自己正在下沉。忽然，遠處一絲微光刺破黑暗，那光芒越來越近，漸漸展開，化作一條寬闊的河流。

子晴的意識凝聚成形，他發現自己站在河岸邊，看著那幽暗的水面，水面隱約有模糊的人影，那些都是迷失的靈魂。

「冥河」——這兩個字突然浮現在腦海，不知道是誰告訴他的，或許是這個空間本身。

一艘小船無聲地從河的對岸駛來，船上站著一個船夫，手持

長槳。

子晴明白，這是來接引他的擺渡人，要將他帶往冥界的審判之地。

他不自覺地踏上小船，那船夫長槳一撥，船隻便離岸而去。

黑暗的冥河上，這艘孤獨的小船緩緩前行。子晴跪在船上，左右兩旁各站著戴狼面具的士兵，他們一直都在，默默看著子晴。

子晴試圖挪動身體，但發現自己根本無法作出「反抗」這個行為。在這片領域裡，他的身體似乎不再聽從他的意志。

小船漸漸到岸。岸上聳立著一座巨大的金字塔。兩個士兵拉起子晴，押著他走入金字塔。

穿過長長的墓道，兩側燃燒的火把光影搖曳。最終，他們來到一個寬闊的石室。

這個地方像個法庭，座位上端坐著各種獸頭人身的埃及諸神：鷹頭的荷魯斯、狼頭的阿努比斯、貓頭的巴斯特，全都用黑布蒙著眼，無一例外。

子晴面前的地面突然裂開，從洞口爬出一個極奇怪的生物——

頭是鱷魚，上身狗，下身河馬——正是阿米特。

兩個士兵立刻退到一旁，留下子晴獨自面對阿米特。阿米特本來和子晴差不多高，但它慢慢張開口，以一種不可思議的角度，將口張到與子晴一樣高。它的意圖很明顯，要活吞子晴。

子晴扭動了一下脖子。他動了。這個看似普通的小動作，卻讓兩個士兵十分震驚。

「Hazreth melkur thoth!」士兵慌張地說著不明白的語言。

「Sekhmet ra ankh pakhet!」石座上有神祇跟著叫，他還是蒙著眼。

阿米特似乎也察覺到了甚麼，它遲疑了一下，但仍決定咬下去。

子晴雙手舉高，硬生生地頂住了阿米特上顎，他手掌被阿米特的利齒刺穿滴血。

「Sutekh nekhbet horus!」士兵急得跳腳。

石座上的埃及神開始騷動，有的流淚，有的發抖，全都亂套了。

阿米特也抖了，被子晴頂住了口，張著嘴卻咬不下去。

子晴抬眼，與阿米特四目相對。

「Nehekhara-topu.」子晴是無意識地說出了這句話，彷彿這些詞彙不是來自他自己，而是從某種更深層的記憶中浮現。

這句話就如一道命令，阿米特立馬鬆開大口。那些士兵驚恐地丟下手中兵器，紛紛向子晴跪拜。

石座上的埃及諸神也紛紛扯下蒙眼黑布，跪在座位旁。

子晴慢慢轉身，他的目光穿透石室，穿透牆壁，穿透空間的邊界，直視著某個遙遠的方向。

一個身材修長的黝黑男人坐在咖啡店角落的位置。他手提電腦上直播著「都市傳說體驗館」的遊戲，男人時不時啜一口咖啡，從他的姿態可以看出，這是一個習慣掌控一切的人。

陳牧師要是在場，一定能認出這位給他力量的「使者大人」。

只見畫面上子晴倒下了，而陳牧師則是一副勝利者的姿態。

這讓黝黑男人很滿意，他一直不明白 Diana 為甚麼特別中意那子晴。如今子晴死在陳牧師手上，證明他才是對的，陳牧師才是真正適合繼承「惡」的人。

男人突然停下了手上的動作，有一種被注視的感覺，但不是從咖啡店的任何一個角落，而是從更遠的地方……

「就係你？」子晴對著空氣低語，聲音在石室中迴盪。

男人聽見了，不是通過電腦喇叭，而是直接在腦海中響起的聲音。

「邊個！？」他厲聲質問。

子晴緩緩抬起右手，五指微屈，做出一個扼喉的姿勢。

男人突然感到喉嚨一緊，像有隻無形的手正掐住他的脖子。他猛地站起身，打翻了咖啡。

「先生，您無事嘛？」店員一臉驚慌地湊上來。

男人想回答，但無法發出任何聲音。他胡亂地抓向脖子，整個咖啡店的人都停下了手中的事情，不安地看著男人。

「叫救護車！快！」有人喊道。

但話音未落，下一刻，男人的身體猛地一震，化為一團濃密的黑霧，在所有人驚恐的目光中消失得無影無蹤。

陳牧師高舉的手停在半空，他突然感到一股寒意席捲全身。

「教主……？」信徒見他舉著手半天不落下，疑惑地問。

陳牧師一愣，眼前，Rose 仍然伏在子晴身上哭泣，絲毫沒有理會頭頂上方懸著的威脅。

陳牧師盯著自己的手掌，那裡曾經能夠凝聚力量，現在卻只是一隻乾癟、蒼白的手。

「我……」他開口，卻發現自己的聲音不再帶有往日的威嚴，只是一把普通老男人聲。

「教主，係咪有咩唔妥？」另一個信徒見他表情不對，輕聲問。

陳牧師無法說出口，他感覺自己的力量……消失了。

陳牧師強自鎮定，他不能在眾人面前露怯。不，這一定是暫時的。一定是剛才用了太多力量，需要點時間恢復而已。

他深吸一口氣，只是殺個毫無抵抗的小丫頭，還用得著多大能耐？他再次舉起手，準備狠狠落下。

咔。

忽然有一聲奇特的聲響。

一聲輕響，清脆得像是折斷一根枯枝。

其他人呆了，眼睛瞪得滾圓。Rose 慢慢抬起頭，不敢相信眼前的景象。

陳牧師只覺得脖子一涼，意識卻異常清醒。那種清醒讓一切感官都無比敏銳，連空氣中的血腥味都聞得一清二楚。

甚麼回事？

他還未反應發生了甚麼，卻發現自己的視野突然變得怪異。他看見地面在天旋地轉，轉啊轉，像坐上了過山車一樣。

旋轉停止了之後，他就看到了一雙腳出現在自己面前。地面很近，近得不可思議，像他整塊臉貼在了地面。

那雙腳穿著和自己一樣款式的鞋子，他眼珠向上看，不只是鞋，連褲和身上的黑袍也跟他穿的一模一樣。

他再向上看，便呆住了，那身體肩膀以上，空空如也。沒有頭。

子晴蹲在面前，跟陳牧師四目相對。那個剛才明明被他親手殺死的子晴，連那顆心臟都被阿米特吞下了，現在卻沒事一樣蹲在他面前。

子晴眼中，倒映著地上一顆頭顱驚恐的面容。那頭顱嘴巴張合著，好像想說話。

「陳牧師——」

子晴對著地上那顆頭顱說話。

這一刻，陳牧師終於明白，這頭顱是自己的。一股難以言喻的恐懼湧上心頭，比他親手殺過的任何一個人都要絕望。

那無頭身軀，是他的身體，他身首分離了。

他依然不明白，想不通自己怎麼就這樣死了。眼皮越來越重，在意識徹底消散的最後一刻，他聽見子晴俯身低語：

「唔知你嘅心臟，同羽毛邊個重啲？」

子晴說完後，陳牧師最後的意識也消退了。

陳牧師的頭顱靜靜躺在地上，眼睛漸漸失去神采。周圍的人們僵在原地，無法反應。

「子晴……」Rose 輕輕喚了一聲，嗓音裡滿是不敢相信，還帶著點驚慌。

聽到自己的名字，子晴緩緩抬起頭來。當他目光與 Rose 相遇的瞬間，那雙剛剛還冰冷的眼立刻軟化下來。然而，那眼底深處依然翻滾著複雜的情緒。

「你……係子晴？」Rose 伸出顫抖的手，停在半空，不確定是否該觸碰他。

子晴看著她，慢慢點了點頭。

「子晴！」她哭著撲進他的懷裡，緊緊抱住這個她以為已經永遠失去的人。

「對唔住，頭先嚇親你。」子晴輕掃她的背，聲音透著歉意。

Rose用力抱住子晴，像是害怕他會突然消失。她深吸一口氣，想平復急促的呼吸，可眼淚卻不聽話地往外冒。

「我……我以為你真係……」Rose 哽咽著，無法說完那個可怕的字。「你瞓喺地下，冇咗心跳，完全冇反應……」她的聲音因回憶那可怕的場面而顫抖，那一刻她真的以為子晴已經死了。

「我都以為自己已經……」子晴咽了咽口水，他確實經歷了死亡。在那短暫的時刻，他的意識墜入一片無邊黑暗，他看到了冥河，金字塔內的審判。那一切不是幻覺，而是真實發生過。

子晴看著自己染血的雙手，血跡開始乾涸剝落，露出底下的刺青。

看見陳牧師死了，聖館教會的信徒個個愣在那，壓根不知道該怎麼辦。

「教主……死咗……」有信徒顫抖著開口。

一瞬間，像是誰先敲碎了第一塊玻璃，有人驚慌失措後退，還有幾個膽大的已經轉身奔向遊戲出口。這下引發更多連鎖反應，其他教徒也嗷嗷叫著往外逃。

眼見唯一能跟子晴抗衡的陳牧師都死了，剩下的參加者哪還敢戀戰？他們也跟著逃命去了，生怕晚一步就會步陳牧師後塵。

子晴望著他們狼狽逃竄的背影，卻沒追上去。

他雖然放過狠話要殺光所有人，可有得選，他也不願把事情做絕。

這群人既然怕死，又信了子晴真敢殺他們，那往後多半不敢再踏進這遊戲半步。沒了玩家，遊戲也無法繼續舉行……跟殺光所有人，目的其實是一樣的。

沙灘上，轉眼就剩下子晴和 Rose。

天上那輪血月，好像眼睛一樣看著他們。

「你身上嘅傷點呀？」子晴轉向 Rose，滿是擔心。經歷了這一切，他最擔心的還是 Rose。

Rose 搖搖頭。子晴卻看見 Rose 左肋還在滲血。

想必是剛才 Rose 被冤魂上身時，被其他參加者劃破的。要是傷口再偏一點，這會兒她恐怕是已經死了。想到這，子晴更確信自己剛才的選擇沒錯。

活下去從來都要付出代價。這就是為了活命必須背負的罪孽。為了終結遊戲必須背負的罪孽。

子晴的眼球在眼眶中不著痕跡地轉了轉。隨即又放鬆，不讓 Rose 察覺。

子晴看著遊戲出口，「我哋都返去囉。」

Rose 抬頭看他，眼中的淚水已經乾了，取而代之的是一種如釋重負的輕鬆。「嗯，唔知係邊個消滅咗冤魂呢？」

子晴嘴角微微上揚，「唔係大寶就係 Ace。話唔定佢哋已經喺另一邊等我哋等得好唔耐煩。」

Rose 笑了笑，似乎已經開始期待回去。她卻沒有注意到子晴眼底那抹轉瞬即逝的暗影。

她首先走向幾步外的出口，那裡有個漩渦，隱約可見另一面是歌劇廳的風景。

子晴站在距離漩渦兩步遠的地方，看著 Rose 的身影完全融入那道光芒中消失，卻沒有跟上去。

漩渦在 Rose 通過後，突然像被抹除一般，憑空消失。

子晴臉上沒有一絲驚訝，好像早就料到會這樣。他轉身望向不遠處的一棵枯樹，樹上停著一隻烏鴉。

「你係嚟懲罰我？我違反咗遊戲規則。」子晴平靜地問，語氣裡沒有半點恐懼，反而有種解脫。

「係也。」烏鴉開口，即使是這種狀況，牠聲音仍帶著輕快的調皮。

子晴點點頭，認命般接受了這個事實。「隨便你。」

他心裡清楚，破壞規則必須付出代價。當初決定殺死那些參加者、徹底毀掉這個遊戲時，他就已經做好了覺悟。這種事，哪能簡簡單單扣些分就算完？

子晴腳下的土地開始微震，細小的裂紋蔓延，滲出詭異的紅光。

紅光越來越盛，成塊的陸地在他腳下崩碎剝離，子晴最後看了一眼血紅的月亮，那光芒在他眼中漸漸黯淡。

他沒有反抗，任由自己的身體被紅光吞沒。

紅光中，他的身影慢慢消融，化作這個世界的一部分。

2
最終遊戲

地獄。

這個詞包含了太多恐怖想像，但 G 此刻正身處其中，表情卻冷淡。

眾多視線落在 G 身上，他們就好像是訓練有素的動物，看著美食在眼前出現，但馴獸師沒有准許進食，只能乾垂涎三尺。

很顯然，這些生物心中的馴獸師，就是眼前這個衣冠楚楚的管家裝扮男人。

火紅色的雲層之上，有巨大而朦朧的人影，它們龐大得令人窒息，就這麼靜靜地俯視著地獄的一切，也俯視著管家男和 G。

「呢邊。」管家男的聲音拉回了 G 的注意力。他轉身帶路，步伐不快不慢，彷彿對周圍的一切危險目光都不屑一顧。

G 跟上。管家男之前承諾過會告訴她一切，現在是兌現承諾的時候了。

他們穿過狹窄的巷道，身邊時不時有地獄生物擦肩而過，但都刻意與他們保持著距離。管家男一邊走，一邊開始娓娓道來。

「你想知道嘅事情太多，我由最重要嘅開始講起。」管家男的聲音在灼人的空氣中響起。

接下來的十分鐘裡，管家男的每一個詞都像重錘敲在 G 的心上，每一句話都讓她的世界觀徹底顛覆。她微微顫抖，但她強迫自己冷靜，聽完所有內容。

當管家男終於停下來，G 沉默了片刻，消化著這些驚人的資訊。然後她抬起頭，眼中帶著不解與怒火，問出了最關鍵的問題：

「點解要係子晴？」

管家男的回答簡短而直接，「佢有悪最需要嘅特質。」

「乜嘢特質？」

管家男停下腳步，轉身直視 G 的眼睛，「佢靈魂埋藏住同你一樣嘅黑暗種子。為咗守護所愛嘅人，可以毫不猶豫化身成惡。」

「咁點解選擇嘅唔係我？」

「你想救嘅，係一個人。」管家男的眼神深如淵海，「而子晴……佢想救全部人。」他頓了頓，嘴角勾起一抹意味深長的笑容，「想救嘅人越多，願意背負嘅惡都越大。」

怒火在G的胸腔中燃燒，她逼近管家男，「所以你哋就殺我哋父母，逼我哋參加呢個遊戲？」

「G，我明白你嘅憤怒——」

「都唔重要。」G毫不留情地打斷他，指節發白，「我唔會俾你哋揀中子晴。」

管家男凝視著她，眼神變得複雜。

「呢啲唔係我控制得到，G。一切都係惡嘅選擇，我只係——」

他的話還未説完，周圍的地獄生物們突然齊刷刷地抬起頭，望向遠處。那是一座巨塔，外牆全是巨大螢幕，密密麻麻排列。

就在這一刻，那些螢幕集體亮起光芒，將巨塔變成一根通天的發光柱體。螢幕上，子晴的臉出現了。

「子晴……」

一道熱烈的人聲從巨塔炸響，「最終遊戲即將開始，勝出嘅參加者，將會成為惡嘅主人——」

話音剛落，地獄沸騰。

「惡！惡！惡！」成百上千生物齊聲嘶吼。

G 站在原地，感受著周圍生物的狂熱，感受著螢幕上子晴的冰冷目光，這一幕在 G 眼中就是那根壓垮駱駝的最後一根稻草。

聲音遠去，只剩心跳轟鳴。

那是怒火在她體內燃燒的聲音，是絕望與憤怒終於找到宣洩口的前奏。

轟──！

巨大的爆炸聲猛然響起。近處的生物被爆炸直接掀飛，建築物倒塌。

那些剛才還在狂熱呼喊的地獄生物們立即停下看螢幕的動作，紛紛轉頭望向爆炸發生的位置。

當煙塵稍稍散去，管家男的身影顯現出來。他躺在瓦礫堆中，衣服破損，優雅盡失。他抬起頭，看向煙霧中逐漸顯現的身影。

G 就站在那裡，但已經不是剛才那個 G 了。她的眼神空洞而冰冷，彷彿只剩下一副被憤怒驅使的軀殼。

「難怪，你係除咗子晴之外，第二個最有機會贏嘅人。」管家男竟然笑了，那笑容中包含了太多情緒，有欣賞，遺憾，還有一絲解脫。

G 沒有回應。她的執念已經超越了理智的範疇，那是管家男見過最強大的執念之一，甚至比子晴的還要強烈。

管家男沒有反抗，也沒有躲避。他就那麼靜靜地躺在瓦礫中，等待著 G 動手。

下一秒，一道雷從火雲上劈下來，彷彿回應管家男的期待，直接轟在管家男身上。巨大的能量瞬間將他吞噬，刺眼的白光中，剎那間，優雅的管家男灰飛煙滅，連一絲衣物碎布都沒有留下。

這一幕似乎觸怒了某種不可見的規則。天空中那些巨大朦朧的人影突然活了過來，它們的輪廓變得清晰，散發出令人窒息的威壓。那些一直緊盯著 G、卻不敢出手的奇特恐怖生物們彷彿得到了允許，它們的眼中閃爍著兇光，齜牙咧嘴地向 G 逼近。

這一刻，惡魔大軍與黑暗神祇同時向她發起了攻擊，整個地獄在這一刻與 G 為敵。

子晴被紅光吞噬。

那紅光的灼熱感仍殘留在子晴的每一吋肌膚上。

這是他應得的結局。他做了必要的選擇，而他要承擔違反規則的下場。他知道這可能不會真正終結遊戲，但至少讓 Rose 活了下來，成功離開遊戲。

「子晴！──子晴！」

是 Rose 的聲音。她怎麼會在這裡？子晴心頭一震。不，不可能是她。他明明看著她安全離開了。這一定是某種新的折磨，某種讓他更加痛苦的懲罰。

「子晴！你係咪喺度？你應下我！」

聲音越來越清楚，好像從很遠的地方傳來，又像就在耳邊。子晴感到一陣抽離感，然後，他猛地睜開了眼。

入目所及，全是紅色。不是普通的紅，而是那種近乎妖異的深紅，像是被血浸泡過的世界。這世界沒有明確的邊界，沒有上下左右之分，只有無盡的紅色虛空向四面八方延伸。

子晴發現自己正在漂浮，既沒有向下墜落的感覺，也沒有任何實物可以抓握。

「我喺邊？」子晴低語。

被那刺目紅光吞噬、陸地崩解之後，他竟來到了這樣一個地方。

上方，一個巨大的黑色物體慢慢飄過他視線。那東西扭曲變形，但依稀可辨——是先前遊戲中燒焦的巴士殘骸。

瞬間，他明白了。這裡不是別處，正是剛才遊戲的空間。只是那個遊戲場景，如今已經完全崩塌，碎成無數碎片漂浮在這虛空之中。

「Rose？」子晴四處張望。

Rose 的聲音好像已經消失，但他仍感覺有甚麼東西在喚著他。

環顧四周，這片紅色虛空中漂浮著無數塊形狀各異的浮島。它們大小不一，有的如籃球場般小，有的則如城市般巨大。

一種無形的拉力像引力般牽引著他。子晴本能地控制自己向附近的一座島嶼漂去。

島嶼上有個日式車站，看起來有些年代感。柱子上用日文寫著『きさらぎ駅』，地面覆蓋著一層薄霧，忽隱忽現。

「……如月車站？」子晴低聲自問，腦海中閃過曾經看過的日本都市傳說——那個傳說中存在於平行世界的車站，誤入其中的人再也無法回來。

子晴沒有踏上這座島，而是繼續向前，漂向另一個更大的浮島。這一次，映入眼簾的是一座極為熟悉的建築群，那密密麻麻排列的窗戶，獨特的井字型結構……

「華富邨！」子晴心頭一緊。

毫無疑問是香港的華富邨。他不只在現實見過，在遊戲中也見過，就在那次『華富邨棺材事件』的遊戲。他不確定眼前的華富邨會否就是那次遊戲的場景，還是另一個版本的映射。

再往前，他看到更多的島嶼：一座廢棄的醫院、一個鐵鏽遊樂園、一個燈光閃爍的課室……每座島都像是某個特定都市傳說的舞台。

一個念頭突然閃過子晴的腦海，也許他們一直玩的遊戲，每次進入遊戲，就是被送到這些詭異島嶼中的某一個？

那些看似獨立的恐怖遊戲場景，實際上是同一片空間的不同區域。

周圍的紅色調逐漸單調，遠處的一個小島突然亮起了強烈的光芒。那光芒不同於周圍的深紅，而是一種純淨的白光。

子晴不由自主地向那個發光的島漂去。他能看到那座島只有半個籃球場那麼大。島上沒有建築物，只有中央一盞射燈，正是光芒的來源。

腳底觸及島嶼邊緣，堅實的土地傳來實感。

島上除了射燈，還有道紅色的門。

帶著疑惑，子晴走近那道紅色的門。

門上有字：

您多次違反遊戲規則，殺害同場參與者。

因您的分數不足抵扣分數懲罰，現永久禁閉處分生效。

「果然。」子晴自嘲般地苦笑一聲。

站在這孤島上，他徹底明白了自己的處境。他一開始就知道，殺戮其他參加者會面臨分數懲罰。只是他下手太狠、太多，分數已不夠扣。如今，最可怕的懲罰擺在眼前，永遠困在遊戲裡，再也無法回到現實世界。

「你一早就知道我會走到今日呢一步，係咪？Diana。」子晴冷笑一聲。

然而，門上的字突然出現變化，文字重組成新的訊息：

現提供一項特殊邀請：參加『最終遊戲』。
此遊戲僅有你一人參與。
此『最終遊戲』將授予過關者決定遊戲命運的權力。
無論結束還是延續遊戲，皆由勝者決定。
此邀請僅向特定玩家發出。
你可選擇拒絕，永遠困於此地，與外界永隔。

子晴盯著這段文字，眉頭深鎖。這突如其來的轉變令他無法立即判斷真假。他抬手，想要觸碰那些文字，卻又收回了手。

「決定遊戲命運？」

這代表甚麼？只要勝出所謂的最終遊戲，就可以結束這場噩夢？這太反常了。Diana，那個用遊戲斷送無數生命、那個親手殺死他姊姊 G 的人，為甚麼會給他這樣的機會？

「你有可能會俾遊戲結束。」子晴對著虛空說，彷彿 Diana 就在聽，「遊戲係你嘅樂趣來源，係你嘅存在意義。點解要畀機會人結束？」

門上的字沒有任何變化，只是靜靜等待著他的決定。

子晴開始來回踱步。這太荒謬了，不是嗎？他違反了遊戲規則，理應受到懲罰，但 Diana 反而給他一個結束遊戲的機會？

「你喺度玩緊我，Diana。」子晴邁步向前，怒視著紅門，「除咗咁冇其他可能。」

門上的字依舊沒有回應。

「但我接受呢個邀請。」子晴笑了起來，笑聲中帶著明顯的瘋狂和不屑，「唔係因為我信你，而係我想你知道，你準備咩畀我都好，我都唔會驚。」

子晴伸手推開紅門。門後只是一個普通的房間，陰暗狹窄，木質家具散發著古舊的氣息。

紅門在他身後緩緩關閉，最終鎖上的聲音清脆而沉悶。

稍早之前，歌劇廳。

Ace 解決冤魂後，就回到了遊戲開始前的集合地點──那個大型歌劇廳。

他周圍已有三三兩兩的參加者陸續從漩渦回來。Ace 掃視一圈，沒看到子晴、Rose 和大寶。於是找了個位置坐下，決定等他們回來。

舞台上布幕出現計分畫面。不出所料，Ace 的名字在榜首，七千獎勵分數明晃晃地刺眼。其他名字沒有出現，畢竟冤魂就那一個，分數被 Ace 全拿了。

其他人很快離開了歌劇廳。反正沒分，待著也是浪費時間。

時間一分一秒過去，每隔一會就有人從漩渦中走出。幾個剛才跟他同一片叢林的人看到 Ace，有人感激道謝，有人則目光陰沉瞪了他一眼就走，明顯是恨他搶了分數。Ace 心不在焉應付，目光始終緊盯著那個漩渦。

十分鐘過去了，子晴他們三個人影都沒見到。Ace 的手指不

自覺地敲擊扶手，節奏越來越快。

「唔通出咗咩事？」Ace 坐直了身子，開始回想遊戲。冤魂一開始說過第二邊有人自相殘殺，他以為是製造恐慌的鬼話，難道是真的？

就在 Ace 開始焦躁不安時，舞台上的漩渦，一個人影從裡面飛射出來，摔在舞台上。那人掙扎著爬起來，看都不看四周一眼就往出口狂奔。

Ace 皺起眉頭。那是甚麼情況？

接下來的半分鐘，陸續有十幾個人同樣從漩渦中衝出，他們表情驚恐，有的衣衫破爛，有的渾身是血，全都像逃命般衝向歌劇廳門口。

Ace 心猛地一沉。這絕對不正常。

冤魂明明已被他消滅了，按理說遊戲結束，應該再沒危險才對。那這些人為甚麼還會嚇成這樣？子晴他們又在哪裡？

當又一個驚魂未定的參加者從漩渦中衝出時，Ace 再也忍不住，他衝上前，一把抓住那個正要溜的人。那是個穿著聖館教會黑袍的少年，他袍上沾了沙粒和血跡，臉色蒼白。

「喂！等陣！」Ace 抓住對方的手臂，不讓他逃跑，「到底發生咩事？你哋做咩驚成咁？」

少年掙扎著想逃，「發生咩事？你唔知咩？陳牧師死咗！」

「陳牧師死咗？」這消息讓 Ace 愣住了。陳牧師雖然討人厭，但實力不容小覷，除了子晴，就他最棘手難對付，更不要說他有一大堆信徒。甚麼人能殺死他？

而且如果連陳牧師都死了，那子晴他們呢？

就在 Ace 思索間，怎料那少年下一句使 Ace 徹底呆了，「俾子晴殺咗！佢黐 Q 咗線，話要殺晒全部人！」

「子晴殺咗陳牧師？」Ace 手一鬆，黑袍少年立刻掙脫跑了。

Ace 被釘在了原地，一時無法處理這個信息。子晴？那個一直反對殺人的子晴？那個總是想方設法終止遊戲不讓更多人受害的子晴？怎麼可能會殺人？

遊戲途中一定發生了甚麼！必須馬上回去，必須弄清楚真相！

Ace 轉身就往舞台中央的漩渦，就在這時，漩渦再一次旋轉

起來，一個纖細的身影從中走出——是 Rose。

她看起來疲憊不堪，左肋上還有大片血跡，但精神狀態比那些嚇破膽的參加者好多了。

可是，就在 Rose 的雙腳完全踏出漩渦的那一瞬，那個存在了好一會兒的漩渦，突然一下閃爍，像被捏碎一般消失了。

Rose 站在原地，似乎還沒反應過來發生了甚麼。她轉過身，想要確認甚麼，卻只看到空蕩蕩的舞台。

「咦……漩渦呢？」她喃喃自語，聲音中帶著困惑。

然後，像是突然意識到了甚麼可怕的事實，Rose 眼睛猛地睜大。

「子晴！？」

Ace 跑到 Rose 身邊，「Rose，到底發生咩事？子晴呢？」

Rose 失神看著漩渦消失的地方，「點會咁……子晴明明喺我後面……」

「冷靜啲。一五一十話畀我知發生咩事。」

「我同子晴一齊返嚟……我行先佢一步，佢明明就喺我後面……但佢未出嚟，出口就閂咗……」

Rose 突然抬頭，像是想通了甚麼，眼神由驚恐轉為憤怒，「Diana！係你！你想對子晴做咩！」

她的聲音在歌劇廳中迴盪，那隻象徵 Diana 的烏鴉不在歌劇廳，沒有人回應她質問。

Ace 皺眉思索著。陳牧師死了，子晴殺了陳牧師，子晴被留在遊戲裡。還有一點，他突然意識到，大寶也沒有回來。這一切太不尋常了。

「Rose——」Ace 想繼續追問，但 Rose 的前方這時出現了一道半透明的門框。

這無疑是 Rose 的空間移動門，Ace 再熟悉不過了。

「你想做咩？」Ace 驚了。

「我要去子晴身邊。」

Ace 一個箭步上前，捉住 Rose 的手腕：「你傻咗？」

「子晴仲喺遊戲裡面！Diana 想搞子晴！」

Ace 聽得心涼半截。Rose 恐怕是真的瘋了，根本沒考慮後果，「咁都唔可以用你能力去搵佢㗎？」他試圖用最平靜的語氣勸她，「你咪成日話入去 Diana 空間會出現喺邊、有咩嘢會出現，你通通唔知。咁你仲要去送死？」

「好彩嘅話，一出現就會喺子晴附近。」

「呢個可能性有幾大？千分之一？萬分之一？」

「咁都要博下！」Rose 突然提高了聲量，「你唔擔心子晴咩？」她猛地瞪著他，彷彿 Ace 的謹慎在她眼中就是懦弱。

「點會唔擔心？」Ace 毫不猶疑就答。他雖然不知道背後發生了甚麼，但他感覺到子晴被留在遊戲裡是 Diana 的刻意，「但如果連我哋都出事，仲有邊個可以救子晴？」

Rose 表情明顯動搖了一下，但很快又堅定下來，顯然只當這是 Ace 推脫的藉口，「你驚可以唔使跟嚟，我自己一個人去。」

「一分鐘。我哋冷靜一分鐘，如果一分鐘之後你都決定要去，我就跟埋你去。」

「鶆L線。」Rose怒極反笑。心想這男人八成是想用這一分鐘絞盡腦汁說服自己。既然如此，何必浪費時間？她直接甩開Ace的手，頭也不回地朝著那個半透明的門框走去，決心已下。

Freeze——

Ace低聲念出這個詞，Rose驚訝地發現Ace不知何時已經擋在門前，手上還拿著她的狙擊槍。她甚至沒感覺到時間的中斷，對她來說，Ace就是瞬間移動到了那個位置。

她摸了摸自己的背後，槍確實不見了。

「一分鐘，我會守諾言，一分鐘之後我唔再阻你。」

說完，Ace把槍遞還給她。

Ace的意思再明顯不過，他的時間能力讓他可以在Rose毫無察覺的情況下做任何事。如果他真想阻止她，隨時都能做到。

Rose心頭火起，但冷靜一想，也不得不承認，面對這種能力，她確實沒有任何反擊的機會。現在硬來只會更加被動。

「你會守諾言？」

「一定。」

Rose 只能暫時屈服，輕輕點了點頭。她心想，既然只是短短一分鐘，那就耐著性子等等吧。反正她心意已決，誰也改變不了。

一分鐘過去。

「點，一分鐘喇喎？」Rose 催促道。

Ace 閉上眼深呼吸，彷彿下定了甚麼重大決心。「對唔住，我都係有個條件，如果你唔應承，我會盡全力阻止你入去。」

「你講。」Rose 冷冷回應，不知道他又要玩甚麼把戲。

Ace 突然伸出手，手心向上。

Rose 一愣，「你想點？」

「你一定要捉實我隻手，全程唔可以鬆開。」他盯著她的眼睛，「無論發生咩事都唔可以。」這句話不是請求，而是警告。

Rose 盯著他的手掌，心裡莫名有點彆扭。

「點解要咁？」

「我好難同你解釋，你信我一次。」他的手依然穩穩舉著。

這句「信我一次」，Rose 都快聽出繭了。每次聽到這熟悉的四個字，她心裡就冒出一股無名火。

每次 Ace 想哄她去那些不正經的派對，都是這一句。但 Rose 從來沒有答應過，這讓她對 Ace 的花言巧語格外警惕。但這一次，不太一樣。眼前這個男人的眼神裡沒有半點玩味，那雙總是帶著調侃的眼睛此刻死沉死沉的，裡面全是 Rose 少見的嚴肅。

Rose 咬了咬下唇，雖然不情不願，但還是把手放上了他手心，同時佯裝不經意地說：「如果你玩嘢，我會令你後悔。」

Ace 沒有像往常一樣反唇相譏，而是立即收攏手指，使十指緊扣。

「走。」

Rose 深吸一口氣，跟著 Ace 兩人一起穿過了門。

她腦海中想像了無數可能的場景：子晴可能面臨的處境，進入後出現的危險，還有 Ace 那奇怪舉動背後的原因。

Rose 又怎會不緊張，她比誰都清楚這「隨機出現」的可怕之處，那種毫無規律可循的危險。但是，她對子晴的擔心勝過了恐懼。

她還沒反應過來發生了甚麼，就感覺手被劇烈地拉扯，像是有人用盡全力扭轉時空，將她從某個地方強行拽回。

下一瞬，她仍站在門前。

她愣住了，盯著面前的門框發呆。那扇她明明已經跨過的門，現在卻完好如初地立在眼前，彷彿剛才的一切只是幻覺。

難道是錯覺，她太害怕了，自行想像了一次嗎？

Ace 卻滿頭大汗，雙腳跪在地上，手卻還扣著 Rose 的手指。這一刻，Rose 竟忘了要甩開他。

「你做咩事？」Rose 問 Ace，聲音不自覺軟了三分。

Ace 猛吸空氣，明明只過去短短一、兩秒，他卻在瘋狂喘氣。

「我哋……」Ace 吞了口口水，聲音還在發抖，「我哋頭先可能已經死過一次。」

「吓？」Rose 一臉疑惑，她處理不到這句話是甚麼意思。他們明明連門都還沒穿過，怎會死了？

Ace強迫自己平靜下來，繼續說：「我頭先用分數換咗新能力，如果我死咗，時間就會倒流返三秒之前。」

「等陣……」她下意識摸了摸自己的脖子，那裡還殘留著一絲若有若無的痕癢感。

一瞬間，Rose 終於懂了，臉色瞬間慘白。「你意思係……我哋頭先本身已經穿過咗道門，入咗去 Diana 嘅空間，但即刻就死咗？」

Ace 點頭，臉上的冷汗還在滴下。

原來 Ace 剛才在那一分鐘，向 Diana 換取了新能力。他太了解Rose的能力了，空間跳躍雖然強大，可以瞬間移動到任何地點，但在 Diana 的空間裡，目的地不受控制，也不知道會出現甚麼。最壞情況，就是一過去就馬上被甚麼東西殺死……

結果這最壞的預感應驗了。在那短短的一瞬，究竟發生了甚麼？被甚麼殺死了？他似乎看到了甚麼，但那畫面太過可怕，以至於大腦自動選擇了遺忘。

有時候，不知道反而是最大福氣。

Rose 瞪大眼睛，心臟狂跳，像是要從胸腔裡蹦出來，「咁……係咩殺咗我哋？」她問出這句話的同時，自己都不確定是否真的想知道答案。

「我已經唔記得。」Ace 搖搖頭。

Rose 盯著他的樣子，一陣心驚，這才琢磨明白：作為能力發動者，哪怕他死後回溯，大腦遺忘了那些可怕的畫面，但死亡的痛楚卻會殘留。而她卻像個局外人，除了短暫的不協調感，甚麼都感覺不到，這份痛苦全由他一個人承受。

Ace 看出 Rose 在擔心，他雙手撐地，一點一點地站了起來。

「嚟多次。」他咬牙說。

「真係要再嚟？」Rose 看著他還在發抖的手，心裡一陣糾結。

「唔係你話要入去？」Ace 扯了扯嘴角，露出苦笑，「做咩呀，咁快就淆底？」

「但係你……」Rose 想說些甚麼，卻又不知從何說起。關心的話到了嘴邊，又硬生生咽了回去。

「好小事，」Ace 深吸一口氣，強撐著說：「我仲 OK 嗝。」

Rose 望著他蒼白的臉，心裡五味雜陳。這個男人明明已經連呼吸都帶著顫音，卻還要強撐著一副無所謂的樣子。這副要強的德性，莫名戳中了她的軟肋。平時最看不慣的臭屁樣，此刻卻讓她有點心痛。

「懶型。」她輕聲說，聲音比平時柔軟了許多。

這一回，她主動抓住了他的手。不是為了利用他的能力，而是想給他一點力量，哪怕她自己也害怕得要命。

他們再度踏入那扇門。這一次，Rose 能感覺到 Ace 的手在顫抖，但他卻緊緊握住了她。Rose 全程緊張得閉上眼。她怕張開眼再看到歌劇廳，那就意味著他們又一次失敗，又一次死亡。她能感覺到空間在變化，周圍的溫度和氣壓都不一樣了，冷氣機的風變成一種怪異的、帶著某種壓迫感的空氣。

她慢慢張開眼，映入眼簾的是個超乎想像的異空間。暗紅色的虛無環繞四周，無數島嶼浮在虛空，遠處還能看到一些不明的建築物殘骸。周圍很靜，沒有恐怖東西出現。至少目前如此。

她跟 Ace 對望，都看出對方鬆了一口氣。他們總算成功進入子晴身處的地方了。

3
潜意識空間

Rose 眨眨眼，慢慢適應這片異常的風景。

這是一個被紅色浸染的空間，懸浮著成千上萬的島嶼。Rose 和 Ace 站著的地方，不過是其中一座漂浮的小島。

一座倒掛的小島從上空飄過，島上孤零零地倒立著一座鮮紅色的鳥居。

這裡似乎已經不是屯門公路的沙灘。

「你有冇 Feel 到啲咩？」Ace 問，手指微微收緊，依然緊握著 Rose 的手。

Rose 沒有立即回答。她閉上眼。

「我 Feel 到子晴喺度。」她睜開了眼。

Ace 看了看四周，不太確信地看著她，「你確定？」畢竟他以為子晴仍留在剛才的遊戲裡，沒想到卻來到了這個詭異的空間。

「我都唔知點解，」Rose 微微皺眉，「但呢度確實有啲嘢將我同子晴連住。好微弱，但我肯定子晴喺度。」

「跟我嚟。」Rose 像是做出了決定，沒等 Ace 反應過來，就跟著感知走。

他們經過島上整齊排列的現代日式住宅區，兩旁全是美容院和整容醫院。

「呢度到底係咩地方……」Ace 跟在她身後，眉頭緊鎖。

這裡很混亂無章。

那些一直漂浮的島嶼，有的像是熱帶雨林的一角，有的像是城市的十字路口，根本沒有甚麼規律。

但，這種紅色的天空、這種能量的流動，無疑是 Diana 的遊戲空間。

Ace 忽然停了腳步，抬頭望向上面。Rose 順著他視線看去，只見一塊綠色的高速公路路牌在他們頭頂緩緩旋轉。

上面白色字體清晰標著「↓深井及屯門」。

Rose 心跳驟然加速，「呢塊係……頭先喺遊戲嘅路牌。」

Ace 的表情也凝重起來，「嗯，呢度就係我哋頭先遊戲嘅地方，只係唔知點解變成咁。」

「子晴！」Rose 突然提高嗓門大喊。

她沒有心思深究這個空間，她一心只想找出子晴。

「子晴！你係咪喺度？你應下我！」她再大喊，聲音裡全是焦急。她知道子晴一定在這裡，就在某處，她能感覺到，但為甚麼他不回應？是無法聽到，還是……無法回應？

Rose 心裡咯噔一下，加快腳步。

「Rose、Ace？係咪你哋？」

這聲音！

Rose 和 Ace 同時轉身。不遠處那棟美容院前，子晴就站在那裡，衣服上的血跡已經發黑，人倒是沒甚麼大礙。

「子晴！」Rose 尖叫著衝了過去，本能地鬆開了 Ace 的手。她緊緊抱住子晴，「太好、太好喇！你冇事！」

Ace 也走過去，臉上寫滿了「總算搵到你」的表情。

「擔心死我喇！」Rose 拉開距離檢查子晴的狀態，「你冇事嘛？」

「冇事。」子晴笑了笑，「點解你哋會喺度？」

「你仲好意思問？Rose 擔心你擔心到命都唔要。」Ace 翻了個白眼，刻意不提剛才真的死過一遍的事。

「對唔住，令大家擔心。」子晴帶著愧疚說。

「點解你會留咗喺遊戲度？」Rose 還抓著子晴的手腕，「係咪 Diana 又想搞你？」

「我……」子晴嘴唇動了動，又閉上了，像是有千言萬語，又不知從何說起。

「係咪因為陳牧師？我聽講你殺咗陳牧師。」Ace 直接問了。

「可能係……」

Ace 點點頭，沒有再追問殺人的細節。現在最重要是找到子晴。於是他轉向另一個更迫切的問題。

「咁大寶呢？你有冇見到大寶？」

「大寶？」子晴皺眉，「我都唔知，佢都未返去？Diana 好似只係針對我。」

Rose 這才如夢初醒，「大寶都冇返到去咩？」她心裡暗叫不好，她太擔心子晴，完全忘了大寶。

「大寶都冇返到去。」Ace 卻說。

「我……我都唔知，我淨係知 Diana 將我留喺度，冇見過其他人。」

子晴忽然轉話題，抬眼看向 Rose，「係呢，你哋點入嚟㗎？」

「用我能力囉。」Rose 如實說。

「能力？」子晴眼睛頓時亮了，「咩能力？」

「……？咪我同 Diana 換嘅能力囉，」她用手指在空氣劃了個四方形，「我當時同 Diana 講想要多啦 A 夢嘅隨意門，佢好似即刻明。」

「哦……咁你係咪都可以開道返去嘅門？」

「可以呀。」Rose 點點頭。

三人對望了一下，誰都不說話。

「你哋想繼續留喺度？」子晴突然開口，臉上掛著一絲苦笑。

「哦，係。」Rose 這才反應過來。

Rose 知道子晴的意思是想她開門返回現實世界。這很合理，誰想在 Diana 的空間多留一秒？

從現實世界傳送到 Diana 的空間是危險的，但從 Diana 空間回到現實世界卻很安全。

因此，Rose 完全沒察覺到子晴這番問話中隱藏的怪異之處。她只是眼神一凝，一扇通往現實世界的門就在三人面前成形。

子晴笑著上前，正準備穿過那扇門，Ace 卻伸手，抓住了他的手臂。

「……你做咩？」子晴轉頭，眉頭微蹙。

Ace 冷笑一聲，「我做咩？係我問你做咩至啱。」

「咩做咩呀？」子晴抽了抽手臂，Ace 卻一點沒有放開的意思。

「你唔擔心大寶？」

「話唔定大寶已經返咗去呢？我喺度又冇見過佢。」

「話唔定？你為咗保護 Rose，你可以殺陳牧師。而家大寶下落不明，你竟然一啲都唔 Care？」

Rose 眼睛在 Ace 和子晴之間來回游移，兩人從未像現在這樣劍拔弩張過，讓她有點不知所措，「Ace，你做咩捉住子晴？有咩慢慢講。」

子晴露出一個不達眼底的笑容，「係囉，就算係你，我都嬲㗎。」

Ace 緊盯著子晴的雙眼，仍沒有打算鬆手。「Rose，你好好諗清楚，眼前呢個人，到底係咪真係子晴。」

「你係咪攰到傻咗？」Rose 雖然也覺得子晴不理大寶有點反常，但看著那張熟悉的臉，那雙眼、那對眉、那個鼻子，一切都是子晴的模樣，「佢點會唔係子晴呀？」

子晴深深嘆了口氣，姿態放軟，「好啦，我只係驚，繼續留喺度我哋三個會有危險。」

「所以你就寧願犧牲大寶？」

「咩犧牲……講到咁難聽……」

「咁你解釋下，如果大寶都同你一樣，被困呢度，我哋走咗，咁佢點算？」

子晴啞口無言。

「子晴……」Rose 也小心翼翼地問，聲音輕得幾乎聽不見，「你係咪有咩苦衷？」她還是不願相信眼前的人不是子晴。

「Rose，連你都懷疑我？」子晴臉上露出受傷的表情。

「唔係！我只係覺得……」Rose 話說到一半就噤了聲。子晴受傷的眼神讓她感到一陣窒息。

就在這時，Ace 突然放開了子晴的手，退後一步。

「子晴，我問你，上次 Party，我有冇嘔落 Rose 度？」

這問題來得突兀，子晴先是一愣，然後一笑：「吓？你講咩呀？」

「我問得好清楚，上次 Party，我到底有冇嘔落 Rose 度？」

「我唔明你呢個問題想點。」

「你唔使明我想點。答就可以。真正嘅子晴一定答到我。有，定係冇？」

「……上次 Party 即係幾時，我唔記得。」

「幾時重要咩？只要有發生過，你一定記得。」

「咁我可能飲大咗，唔知發生過咩事。」

「咁你估下，有定冇？」

子晴嘆了口氣，臉上浮現出不耐煩，「我估，冇嘞。但嗰晚我真係飲醉咗，可能有都未定。」

他說的每個字，都像是經過計算般小心翼翼。

Rose 突然瞪大了眼睛，震驚地看著子晴。她察覺到了甚麼，身體不自覺地向後縮。

Ace 冷笑一聲，「『子晴』……Rose 咁憎我，點會去我嘅 Party？」

子晴表情瞬間凝住，他僵硬地轉頭看向 Rose。

「你唔係子晴……」Rose 渾身顫抖，「你到底係邊個？真正嘅子晴喺邊？」恐懼和憤怒在她眼中交織。

「子晴」一動不動地站著，像是在思考如何應對。幾秒後，他臉上僵硬的表情慢慢崩解。他嘴角開始上揚，「哈哈哈……」

他聲音開始變化，不再是他們熟悉的子晴聲音。

Rose 在震驚之餘，注意到這個「子晴」的皮膚下，有詭異的紅色光芒在閃爍。她從未見過子晴皮膚上有這樣的光澤。

「子晴」笑容越扯越大，露出的牙齒比正常人要尖銳得多。他抬起手，指甲變長，「既然被你識破，我亦無需再掩真貌。」

他身體開始變形，皮膚撕裂，露出底下鮮紅的表層。兩隻彎曲的角從頭頂破皮而出，眼睛完全變成紅色。

「賤民，你猜度不錯，我不是子晴。」那怪物低沉地說：「我乃酒吞童子——日本傳說中三大妖之一，百鬼之首。」

「子晴喺邊！」Rose 一聽到這怪物竟敢用子晴的模樣欺騙她，這一刻，她眼中只有憤怒。

酒吞童子完全沒將 Rose 的怒火放眼內，它慢慢抬起手，憑空出現了一個大酒碗。

酒吞童子拿起酒碗仰頭一喝，透明的液體從嘴角流下。

「真正的子晴確實身處此界。」它看向 Rose 身後那扇半透明的門框，眼中閃過貪婪，「若你滿足我所求，我就告知你他在何處。」

「你想點？」Ace 冷靜問。

「十分簡單，」酒吞童子放下酒碗，那碗立刻消失。它伸出手，指向門，「讓我離開這裡，重返人界。我被囚此地千年之久，實在無趣至極。」它露出一個充滿惡意的微笑，「我保證不會過分，只想尋些樂子消遣罷了。」

Ace 冷笑一聲，眼中閃過不屑，「我唔係咩好人，但都未衰到會俾一隻殺人妖怪去人類世界。你當我傻？」

「我都知道，子晴一定唔會俾你出去殺人。」Rose 身後的門瞬間合上。門消失的一瞬，空間中的壓力驟然升高。

「哦？」酒吞童子沉默片刻，臉上的笑意慢慢凝固，「看來談判已破。」

話音剛落，它化作一道血影撲來。

「Freeze！」Ace 大喊，雙手啪地一聲合十。

時間靜止了。

酒吞童子懸在半空中，利爪距離 Rose 的臉只有幾吋之遙，臉上仍掛著那詭異的笑容。

Ace 迅速將 Rose 推開。他知道自己能力只能維持短暫，必須抓緊。

時間再度流動。

酒吞童子的爪子撲了個空。它轉過頭，發現 Ace 和 Rose 已經移動到了地面的另一邊，頓時瞇起了雙眼。

「時間之術？甚妙。」酒吞童子舔了舔牙，「自安倍晴明後，你乃我所見第二位能駕馭此等神通之人。」它慢慢站直身體，「如此才有趣。」

這時，Rose 已經完成了狙擊槍的上膛動作。

「你真以為這種凡物可傷我身？」酒吞童子臉上掛著輕蔑

的笑容。

話還沒說完，Rose 已經毫不猶豫地扣下扳機。

砰！

子彈破空而出，直奔酒呑童子的心臟位置。酒呑童子甚至懶得躲，就那麼站在原地，只見那子彈直接穿過了它身體，就像它沒有實體一樣。

Rose 的臉刷地一下白了。

酒呑童子又舔了舔嘴唇，「完了？該當輪到我出手了吧？」

酒呑童子的影子突然動了。

「Freeze！」

Ace 的吼聲在身後炸開。Rose 感官一凝，Ace 毫不猶豫地撲向酒呑童子。

在時間暫停空間中，酒呑童子那原本應該凝固的眼球，緩緩轉動，直直盯向了衝來的 Ace。

「比起安倍晴明，你的時間靜止術，還是孩童般拙劣。」酒吞童子的嘴角出現殘忍的弧度。

時間如同鬆開的橡筋，瞬間恢復流動。

「啊啊啊——！」

Ace 慘叫聲震徹空間。他全身突然被黑色的火焰包裹。那不是普通的火，而是直接焚燒靈魂的火。

「Ace！」Rose 大喊，腳下一蹬就要衝過去。可就在這一刻，她全身突然動彈不得。

「人族當真愚昧，明知無力挽救，仍要赴死。」低沉的聲音在她耳後響起。

酒吞童子不知何時已經來到 Rose 身後，一隻長滿尖銳指甲的手輕易地扣住了她的頭，將她整個人提到了半空。她拚命去掰那些堅硬如鐵的手指，可連讓它鬆動一絲一毫都做不到。

那邊，Ace 身上的黑火漸漸熄滅。Ace 整個人彷彿被抽走了大半生命力，胸口微弱起伏，情況極度危險。

「好，」酒吞童子扭動手腕使 Rose 轉過來，強迫她直視自己

雙眼，「現在，我等可重議條件。」

酒吞童子咧開嘴露出一個笑容，再貼近 Rose。

「我要求未變，小姑娘……開啟那門，讓我進入人界。我將告知你等，你們最珍視的子晴所在之處。」

「唔……唔好信佢……」Ace 聲音極其微弱，艱難地睜開眼。

酒吞童子的手指輕輕一收緊，那尖銳的指甲立刻陷入她肉中。Rose 痛得吱了聲，溫熱的鮮血順著太陽穴而下。

「當然，若你拒絕，」酒吞童子瞥了眼 Ace，「我則繼續燒他。」

「停手！」Rose 近乎嘶吼，「唔好再傷害佢！」

「然則你將……？」

Ace 掙扎著想要爬起來，卻只能發出痛苦的呻吟。「Rose……唔……好……」

Rose 緊咬下唇，嘴裡滿是血腥味。她的目光在 Ace 痛苦的臉和酒吞童子陰森的笑容之間來回掃視，心中天人交戰。最終，看到 Ace 泛紫的嘴唇和逐漸失焦的眼神，她做出了決定。

「好。我應承你。」她聲音充滿了不甘。

酒吞童子臉上笑容瞬間大放，手指微微鬆開了些。「明智。」它慢慢地說：「先開啟門，我需確認此乃人界之通道。」

它把 Rose 放回地面。

Rose 看向 Ace，Ace 躺在地上，命懸一線，卻還是勉強搖了搖頭。但是這一次，她不能聽他的。

Rose 深吸一口氣，集中精神。空氣中的某處開始泛起漣漪，逐漸擴大成一扇門的形狀。

酒吞童子瞇起眼睛，盯著半透明的門框。「成了？」

Rose 僵硬地點了點頭。酒吞童子這才抬起手掌。掌前突然出現一個人形，但那不是人，而是折成人形的紙片式神。

「去。」酒吞童子一字吐出。

式神無聲無息地穿過了那個門框，消失在另一側。

很快，式神便回來了。式神朝酒呑童子點了點頭，那動作雖然輕微，卻讓酒呑童子仰頭狂笑。

「一千年！整整一千年光陰！」酒呑童子邊笑邊吼，飽含著壓抑千年的渴望與瘋狂，「本座終得脫此幽囚之地，重見天日！」

式神無聲退回主人身後，化作一縷煙消散不見。

Rose 摸了摸太陽穴上的傷口，血已經凝固。她掙扎著站穩腳跟，視線不時望向倒在一旁、氣若游絲的 Ace。

「你應承過，會話畀我知子晴喺邊。」她死死盯著酒呑童子，聲音抖得厲害卻硬撐著，「子晴呢？」

酒呑童子的狂笑戛然而止。它慢慢轉過身看著 Rose。它臉上的表情一點點變化。

「你竟信我？」酒呑童子眼中閃爍著最惡意的光芒，「愚昧人族，豈不知我等妖怪，從不守諾言？」

「你個卑鄙——」她的咒罵還未出口，就被酒呑童子的嗤笑聲打斷。

「哈哈哈哈哈哈哈哈哈……」

酒吞童子轉身面向門，準備離開這個囚禁了它千年的地方。它背影猖狂，已經將 Rose 和 Ace 拋到腦後，不值一顧。

就在酒吞童子邁出第三步的瞬間，陡然生變。

它如觸電般一僵，所有動作都停了。

Rose 也感到後頸強烈發麻，那種來自本能的警覺告訴她——有人在看著他們。

門後方的空間開始扭曲，扭曲並非來自門本身，而是門後被遮擋的視角盲點。

一個穿著黑色旗袍的女人從門後的陰影處緩步走出，她的出現沒有任何預兆，就像她一直都在那裡，只是他們沒有看見。

Rose 和虛弱的 Ace 都呆住了，突然忘記了呼吸。

「Diana……」Rose 嘴唇微張。
酒吞童子的反應比兩人激烈得多。

「唔……唔……嗯……」酒吞童子嚇得語不成句。

Diana 微微一笑，「童子，你係咪想出去？門就喺前面，做

咩突然停低？」

每説一個字，Diana 就向前移動一小步。酒吞童子的膝蓋無法支撐它那龐大的身軀，直接跪倒在地。

「不……不是……」酒吞童子的聲音支離破碎，與先前的囂張跋扈判若兩人，「我實非有意為之……」

「嗯？」Diana 輕聲説著：「你剛才唔係想出去？」

酒吞童子的身體猛地抽搐起來。

「不敢！不敢！」它不斷重複著這句，「得見尊顏……我、我豈敢……」

「呢一千年，你喺我嘅空間過成點？」

「千……千年蒙您庇護……」

「係？」Diana 微笑著，「咁點解仲想離開？點解要呃佢哋，試圖打開門呢？」

「我愚！我昧！求恕我罪！」

整個空間陷入死一般的寂靜中。酒吞童子依然跪在地上，不敢動彈一下，甚至不敢抬頭望 Diana。

Diana 轉身，目光離開酒吞童子蜷縮的身影，落在 Rose 和 Ace 身上。

「唔可以信佢哋，知唔知？」Diana 的聲音輕輕滑過每個人的脊背。

Rose 和 Ace 同時抬頭，兩張臉寫滿截然不同的情緒：Rose 臉上那是驚到入骨裡的恐懼，而 Ace 眼中則迸發出幾乎要燃燒的怨恨。

「Diana……」Ace 牙關咯咯作響，若不是身體虛弱到無法移動，他早已撲上前去。

Rose 渾身顫抖，幾乎無法控制自己的肢體。「D-Diana……子……子晴……喺邊？」

「子晴準備參加最後嘅遊戲。」

「最、最後嘅遊戲？」

「呢個係屬於佢嘅遊戲，請恕你哋無法參加。」

「Diana 你個死賤種！」Ace 猛地吼出聲，雙眼完全佈滿血絲，「你竟然夠膽出現喺我面前！我要殺咗你！我要親手殺咗你！」

Diana 聞言只是微微一笑，那笑容彷彿面對的不是威脅，而是孩子無理取鬧的發言。她的從容讓 Ace 的怒火更加猛烈。

「但觀看係允許嘅。因為，呢場遊戲對子晴有莫大意義。」

聽到這話，Ace 的呼吸變得越發急促，胸膛劇烈起伏，「你殺咗我嘅 Judy……我對天發過誓，一定要你陪葬……唔係……單單殺你都唔夠！我要你感受我嘅痛苦！」

「Ace，冷靜……」Rose 試圖插話，她的聲音裡帶著懇求，但也帶著一絲恐懼，不只是對 Diana 的恐懼，還有對 Ace 此刻狀態的恐懼。

「你同我收聲！」Ace 又一聲怒吼，「你根本唔明！我要殺咗佢！殺咗佢！」Ace 已經完全失去理智，要是 Rose 再多嘴一句，Ace 可能都分不清她是誰了。

就在這劍拔弩張的一刻，奇怪的變化在四周發生。

這個島嶼附近漂浮的碎片，忽然開始向 Rose 和 Ace 所在的位置移來，這些碎片如拼圖般組合在一起，最終在他們周圍構成了一間整潔的白色房間——兩張舒適的沙發，一張茶几，電視機，角落裡有雪櫃，茶几上還放著一瓶鮮花。一切都如此正常，一切都如此詭異。

「我為你哋準備舒適嘅環境觀賞遊戲。」Diana 的聲音縈繞在房間，但她的身影已經消失不見。

Ace 拼命掙扎著想站起來，「去死啦子晴！去死啦遊戲！」他咆哮著，聲音嘶啞。但他那副身體不爭氣，又摔回地上。

「你拎走晒我所有嘢……」他趴在地上，眼淚流了出來，「我唔會放過你……」

同一時間，房間那部電視自己亮了起來，螢幕上的雪花慢慢變成畫面。

「所有觀眾已準備就緒。最後嘅遊戲即將開始。」

4
消失的洛杉磯

就在子晴等人被困在 Diana 的空間時，外面的世界已經變了樣。

毫無徵兆地，一個五百米高的恐怖海嘯，將洛杉磯的一切都沖走。

「這裡是 ABC 新聞記者珍妮佛，現在是災後第一個小時……」

直升機在低空盤旋。

珍妮佛透過耳機聽著電視台的指示，她二十年來的記者生涯，見過戰爭、見過天災人禍，但從未見過如此絕望的場面。

「洛杉磯……」她眨了眨眼，試圖把淚水逼回去，「在今天早上十時零八分，被一場海嘯摧毀了。」

「十分鐘內，聖莫尼卡……荷里活……全都被浸在海水下。」

直升機上的攝影師默默轉動鏡頭，原本的洛杉磯，眼前只有一片茫茫的水域──

「三百八十萬居民，現在……」她聲音戛然而止，手抖得厲害，幾乎握不住咪高峰。

「對不起，我做不到……」珍妮佛摘下耳機。

電視台急忙切換畫面。

畫面轉回直播室，所有主持都沉默了。

白宮發言人匆匆走向新聞發佈台，臉色前所未有地凝重。

「超過三百萬人失蹤，這是美國史上最嚴重的災難。」發言人凱薩琳的聲音有些嘶啞，「但我們仍在全力搜救。」

記者席隨即爆發出提問聲。

「我知道大家非常緊張，但請舉手發問。」

一堆手如林般舉起。

凱薩琳環視一周，點了坐在前排的一個記者。

「紐約時報。請問目前已經確認的死亡人數有多少？」

「未有確實數字。」凱薩琳低頭翻開文件，「但考慮到災區面積和海嘯威力……」她停頓了一下，似乎在斟酌用詞，「預計會超過二百萬。」

這個數字一出，整個發佈室頓時一陣嘩然。

凱薩琳揮手示意安靜，然後指向另一個舉手的記者。

「CBS。白宮會如何應對這場災難？」

「總統閣下已派出所有可用的美軍進駐災區。國會也將召開緊急會議，目標在今晚通過救災撥款。」

「總統閣下會去災區嗎？」一個記者不等被點名就直接問。

「他明天一早會到達災區，親自指揮救援。」

這時，又一堆手舉起。

之前沒舉過手的一個記者，也舉起了手。他坐在第三排，金髮整齊地梳向腦後。這張面孔在白宮記者群中很陌生，但他那雙藍眼睛有著一種罕見的冷靜。

「第三排，深藍色西裝那位。」凱薩琳瞇著眼，顯然對這張臉感到陌生。不過白宮向來嚴格控制進入人員，可疑人不可能輕易放進來，「請發問。」

「您好。華盛頓郵報，我叫 Michael。」他接過咪高峰，從座位上站起身來，「據可靠消息，在災難發生前四十八小時，有人向 911 準確預告了這場海嘯。我想問，為甚麼政府沒有疏散市民？」

這話一出，整個發佈室瞬間安靜下來。所有記者都轉頭看向那個叫 Michael 的記者。

「恕我直言，」凱薩琳語氣平靜地說：「我不知道你的消息來源是甚麼。」

Michael 嘴角微微上揚，從西裝內袋掏出一部手機，在所有人的注視下高高舉起。

「這就是我的消息來源。」

播放鍵被果斷按下，一個沙啞低沉、明顯不是 Michael 的男聲從手機裡清晰地傳了出來：

「四十八小時後，十點零八分，啟示錄預言的海嘯會降臨洛杉磯。請立即疏散居民！」

「先生，感謝您的來電。」錄音裡傳來另一個公式化的聲音，「這裡是 911，如果想報告海嘯，請致電 NOAA。」

「NOAA 不會測到這個海嘯，因為這不是出於自然，而是神意。五百米高的海水會在後天早上十點零八分淹沒這座城市，作為即將到來的大審判前奏。」

「不好意思，如果您堅持要報告海嘯，請通過正常途徑提交。如果你沒有緊急的事，請不要佔線影響其他真正有需要的人。」

「……好，別說我沒提醒過你們。」

Michael 按停錄音，發佈室一片死寂。他環視四周，聲音帶著某種穿透力，「十點零八分，五百米高的浪，每個細節都正確。」

凱薩琳輕微調整了面前的咪高峰位置，這個小動作給了她幾秒鐘思考的時間。「在相關部門確認這段錄音的真實性之前，我無法作出官方回應。」

「你們查一下 911 的通話記錄就知道了，所有報案電話你們都有備份，不是嗎？」

「就算這通電話確實存在，每天 911 接到無數電話，其中不少是這種無聊預言。如果只是因為這次巧合地說中了，就來指責我們不疏散是錯誤的決定，我認為這樣很不公道。」

「或許我確實有點苛刻了，」Michael 臉上的笑容更加深了，

「不過現在看來，這好像不是巧合那麼簡單，不是嗎？」

凱薩琳猛然一震，她這才明白自己踩進了對方精心佈置的陷阱。Michael 根本不在乎政府責任，他的真正目的，是要借助白宮發佈會，向全世界公開這段神秘的預言錄音。

「事實擺在眼前，」Michael 的聲音不疾不徐，「有人預知了這場災難，精準至時間、規模。現在，我們需要想想的是，如果這場災難真的是某種超自然的體現，那麼，『大審判的前奏』是甚麼意思？下一場災難會在哪裡？會以甚麼形式出現呢？」

記者們甚至不等凱薩琳回應，就爆發出一陣混亂的喧嘩。錄音內容太過震撼，加上災難的精確預告已成事實，政府是否失職似乎已經不重要了。

Michael 已經成功將所有人的注意力引向了那個預言。

「ABC！有消息稱全球多個地區出現了類似的預言者！政府是否掌握相關情報？」

「CNN！多位倖存者聲稱在海嘯來臨後聽到了號角聲，這是否與預言中提到的神意有關？」

「紐約時報！啟示錄提到七大災難，這只是第一個嗎？政府是否已經收到下一場災難的預告？」

「大家請冷靜！」凱薩琳試圖控制局面，但她的聲音被質問聲淹沒。

後排的記者開始向前擠擁，特勤人員連忙上前保護白宮發言人。

「提問時間結束。」凱薩琳在特勤人員的保護下匆匆離開，但被大量記者堵住去路。

「國民需要交代！」

「快去通知其他人，快！」

混亂中，有幾個記者突然想起這一切的始作俑者。

「那個 Michael 呢？他在哪？他手上有猛料！」

「華盛頓郵報？我認識他們全部記者，但從沒見過這個 Michael！」

他們瘋狂地尋找那個揭示預言的金髮男子，但 Michael 的身影已經消失在混亂的人群中。

白宮走廊上，Michael 走得不快不慢，一個穿著深藍色套裝的黑人女人不知何時已落在他身側。

周圍人聲嘈雜，反倒給了他們絕佳的對話掩護。

「證件，還給你。」Michael 不動聲色地遞還記者證。

黑人女人接過證件，「現在你能告訴我真相了吧？」

Michael 嘴角微揚。「你很冷靜。華盛頓郵報的副總編果然不一般。」

「冷靜？」她苦笑一聲，「我現在幾乎站不穩。」

「哈哈，感謝你坦白。我們都知道這場海嘯、和你眼前發生的事，太超出理解。」

「我需要知道發生了甚麼。那不可能是自然災害，對嗎？」

「對。」

「那麼，這世上有超出我們理解的力量在運作嗎？人類之上的存在？」

「是的，有的。從古至今都存在。」

「你是人類之上的存在？」

「可以這樣說。我的存在形式與你們不同，現在我是借用人類形態和你說話。」

「神也是存在的？」

「這麼說吧，神也好，魔鬼也好，也是應人類的願望而誕生的。」

「願望？」

「當然不是一個人的願望，也不是一百個人的願望。而是需要很多人，都在心底裡同時想著同一個願望，而這份願望的力量，足以強大到誕生出凌駕人的存在。」

「老實說，如果你直接告訴我，神是存在的，我馬上相信。你現在是說神是某種集體潛意識？」

「你的觀念正在崩塌，我能理解你的抗拒。但你想知道真相。」

「你知道我大半生都信主嗎？如果神不是全能的創造主，反而是人類創造出來的，人類才是神？」她的聲音漸漸提高，情緒明顯激動起來，「那我的信仰，我的祈禱，我的一切……豈不是毫無意義？」

「雖然神是人類的集體願望而成，但神的確實現了『神無所不能』的神性。」Michael眼神中透露出安撫，「試想想，這難道不是更偉大的奇蹟嗎？人類共同的信念能創造出超越自身的存在。」

「不，我仍不能接受。」

「你可以選擇相信神創造了人類。神的存在是真實的，無論其來源如何。」他頓了頓，「我不希望改變你信仰。」

黑人女人沉默片刻，無言以對。她的世界觀在短短幾分鐘內被徹底顛覆，需要時間重新整理思緒。

「那之後會怎樣？」

「那聖經上寫了之後會發生甚麼事？」

「那……真的會發生嗎？」

「基本上是。」

「基本上？這是說還有變數？」

Michael 笑了笑，沒有直接回答，只是繼續向前走去。

兩人走出白宮，站在寬闊的草地上。Michael 仰頭看向天空，只見灰暗的雲層下有數十隻烏鴉在盤旋。

「但是，也有人不想得到救贖……」Michael 對著天空說，聲音中帶著悲憫。

此時，地球另一端的香港蘭桂坊，凌晨四點。

閃爍的鐳射燈下的狂歡仍然持續。

洛杉磯的悲劇已經在全球擴散，只是這裡的人群還沉浸在酒精和音樂的迷幻世界。

加州大廈二樓的一間酒吧快迎來日落後第十個小時。這裡混合著香水、酒精和汗水的氣味。

電音節拍和閃爍燈光掩護下，四個西裝男人推開人群。他們中間護著一個身材纖瘦的女人，她的臉在紫藍色射燈的掃射下忽明忽暗。

舞池中央，Tom 被電音拍打著神經，隨著節奏甩動身體。二十五歲，海歸回流，如今他是大公司的小小螺絲釘，每天對著 Excel 表格和無休止的會議。只有在這種時刻才能暫時忘記白天的煩悶。

他轉身，視線穿過人影，落在那個被西裝男護送的女人身上。

起初他不以為意，畢竟蘭桂坊的夜場裡，這種場景太常見了。漂亮女人總會吸引一群餓狼。但當燈光在她臉上掠過那一瞬間，Tom 的醉意似乎瞬間被抽走了一半。

「……Kanna？」Tom 用力揉了揉眼。

一頭柔順的黑色直髮，還有那標誌性的高挺鼻梁，這張臉他再熟悉不過了：女歌手 Kanna Yu，自從被指是林惜姿那些不雅影片的流出者，她就成了網民的眾矢之的，最近連 IG 帳號都刪了避風頭。

沒想到，她竟然躲到這裡買醉。

周圍的人好像還沒認出她，但那幾個西裝男一刻不離地圍著Kanna 打轉。Kanna 隨著節奏擺動，幾個西裝男配合默契，形成一個人牆，卻被她找到一瞬間的縫隙脫身。

Tom 看準時機，立即擠到了她面前。

「Kanna？你係咪 Kanna 呀！」

Kanna 轉身用背對著 Tom，繼續扭動著身子，沒有回應。

「你成日嚟呢度玩㗎？」

見她沒反應，他又換了個話題，「我好鍾意聽你首《Myth》㗎！」

「……」

「不如一齊玩？」

Kanna 這才轉過頭，狠狠剜了 Tom 一眼，眼神寫滿了「死開」兩字。

Tom 不但沒有知難而退，反而更來勁了，「我叫 Tom！不如出去兜風？出面嗰架波子係我㗎。」

「喂，波子下話？」西裝男相視一笑，「你有冇禮貌？你見唔見到人哋唔想理你？」

這幾個西裝男顯然也認出 Kanna，他們不願看到有人來爭奪獵物。

「你哋乜水呀又？我冇禮貌，你哋咁樣圍住人又咩意思先？」

「你知唔知咩叫先後次序？」

「先後次序？你當 Kanna 係咩？」

「你而家走唔走呀？」

「我冇啲暈。」她見這些男人開始吵了起來，失去興致了，「出去唞下氣。」

說著，她從眾人的面前滑開。

Tom 眼睛一亮，怎會就這樣放過她。其他西裝男也是一樣的心思，這時候他們也不吵了，眼神交流間達成了共識：先留住她再說。

可就在眾人邁開腿的一剎那，腦子裡突然，像是有甚麼東西被牽走了似的。

「奇怪喇，喺邊呢？」Tom 四處張望，明明就在眼前的人，卻忽然不見了。

「人呢？」西裝男也看著空蕩蕩的位置，一臉困惑。

幾個人開始在舞池裡轉圈，眼神掃過每一個角落，視線卻總是不自覺地避開 Kanna 離去的方向。

即使她就站在他們面前，他們的大腦也拒絕接收這個訊息。

幾個人亂忙了一會兒，最後只能悻悻地放棄。

Kanna 搖搖晃晃走出了加州大廈，這個鐘數，蘭桂坊街上大多是橫七豎八的醉鬼。

認出她的沒幾個人，就算有人眼睛一亮想湊上來，也會像剛剛幾人一樣，注意力被她轉移開。

大廈門口的燈管下，Kanna 從手袋摸出煙盒，指尖還沒接觸到煙，眼角餘光就掃到一個鬼鬼祟祟的男人正盯著這邊。

不是剛才那幾人，也不是狗仔隊，純粹就是個見不得光的藥頭。

她若無其事地收起煙盒。確保四周沒有人看，腳步散漫地往那邊挪動。

「有冇貨？」她問得極輕，聲音完美融入旁邊酒吧傳出的電子音樂。

「當然有。」藥頭笑得眼睛都瞇成一條縫，「要邊種？」

Kanna 湊近低聲報出自己需要的東西。

藥頭心領神會地點點頭，Kanna 隨即把一張五百元往地上一擲，好像不小心掉的。

藥頭笑著彎腰，撿起那張五百元的同時，手裡多了個裝藥丸的小袋子。

Kanna 假裝整理裙擺，左手自然垂下，指尖輕觸一下，那小袋子就到她手上了。

她低頭看著手裡的東西，一時間有點恍神。

這不是普通的走神，而是她突然感到一陣強烈的精神恍惚。

「Kanna——」

一道低沉的男聲隨即響起，讓她動作瞬間凝固。

燈管在她臉上打出詭異的光影，嘴角的弧度慢慢沉了下去。剛才的醉意一掃而空，取而代之是一股懼意。

她迅速藏起手中的小袋子。

「我都唔知凌生你鍾意嚟呢啲地方玩。」她強擠出一抹笑，聲音卻已經出賣了她內心的不安。對於這個男人，她既恨又怕，這種複雜的情緒幾乎要將她撕裂。

凌志剛目光在她手上停留了一瞬，眼中閃過一絲了然。他轉頭看了藥頭一眼，藥頭的眼神立刻疑惑起來，像是突然看不見他們似的，茫然地走開了。

這不是普通的威懾，而是凌志剛的能力。Kanna 心知肚明，因為這是他從她身上借來的「注意力操縱」能力。

「我專程嚟搵你。」凌志剛轉頭說，裝作沒看見她剛才的毒品交易。

「搵我？」Kanna 轉過身來，身體往後退了半步，「唔知香港首富搵小女子有咩指教？」她的語氣帶著明顯的諷刺，曾經她也是一時風光，而現在，她不過是個需要靠毒品麻醉自己的人。

凌志剛的手朝她臉上伸過來，Kanna 下意識地繃緊了身子。那隻手最後只是輕輕撫過她的臉。

「你咩意思？你要殺我嘅就快。」她猛地拍開他的手。她寧願他直接了斷，也不願這樣受屈辱。

「殺你？」凌志剛笑著收回手，眼中閃過一絲 Kanna 讀不懂的情緒，「我點會。」

「我對你已經冇用，你唔係嚟除後患，咁你嚟做咩？」

「我知你憎我，但我唔憎你。」凌志剛踱起步來，皮鞋發出清脆的響聲，「畢竟，我想要嘅已經得到手。」

他目光投向遠處中環那棟摩天大廈，那是凌心集團的地產，現在都是屬於他的，就在全香港最貴的路段。

「所以，我真係冇理由憎你。」他補充。

「我曾經想殺你，而家，我一樣想殺你。」Kanna 眼裡是赤裸裸的敵意。在她看來，他留她一命，就是想看她現在這副折墮模樣。

「如果你覺得係我害，我可以補償。」

「淩志剛，」她嗤笑一聲，眼中閃爍著不信任，「你神智開始唔清醒？」

這男人不但不恨她曾經想要了他的命，現在還說要補償？他到底在玩甚麼把戲？他還能從她身上得到甚麼？他想要的，早就都得到手了。

「就當我動咗真感情。」

「淩志剛，你唔好玩我啦。」

「我承認我當初一心想要地位，你喺我眼中，只係棋子。但而家，到我得到所有嘢，又覺得個心有啲空虛。」

「哦？即係你而家想搵人陪，咁啱諗起我，而我喺你眼中又夠 Cheap。」她冷笑。

「你想靠自己一個人返遊戲已經冇機會。想翻身，只能靠我。」

「我果然冇睇錯你，你都係覺得我冇咗你唔得。」Kanna聲音帶著苦澀。他還是那個自負的淩志剛，以為全世界都要圍著他轉。

「咁樣唔係一件羞恥嘅事，正如我而家都需要你一樣。人本來就冇辦法一個人生存。」淩志剛的話語中帶著一絲罕見的坦誠，但在 Kanna 耳中，這不過是另一種操控的手段。

「你唔羞恥，但我會。既然你唔殺我，借過。」

Kanna 擦身而去。一路走，她都在擔心背後會不會有追趕的腳步聲，但甚麼都沒有。

「唔該，你唔好再搵我。」Kanna 又說，不過不知道有沒有傳到他耳中。

淩志剛穿過一條街，一輛黑色勞斯萊斯已經靜靜等在街尾。

一個戴著面罩的男人見淩志剛走近，立刻從車旁挺直身子，恭敬地拉開了後座車門。

淩志剛坐進去後，男人又繞到車頭，滑入駕駛席。

「返去。」凌志剛對著駕駛席說。他語氣跟方才對 Kanna 說話時截然不同，不再有絲毫溫情。

駕駛席上的蒙面男人沒說一句話，只是微微點頭。

車子緩緩駛離混亂的蘭桂坊，駛上夜色的半山。凌志剛的手機螢幕亮起，是全球媒體都在瘋狂報道的新聞——洛杉磯被海嘯摧毀。

蒙面司機從倒後鏡中默默觀察著凌志剛的反應，但保持沉默。

凌志剛撥了一通電話，似乎確認集團在洛杉磯的投資。

「預言……大審判……」凌志剛念念有詞。

就在這時，前方馬路上突然出現一個人影，蒙面司機猛地踩下剎車，在馬路中央急停。車身微微晃動後，穩穩地停在了那個身影前方不到半米處。

「咩事？」凌志剛眼神一厲。剛才的思緒被打斷，本就煩躁的心情更是被這突如其來的意外推向臨界點。

「老細，前面有人。」蒙面司機看著擋在車前的一個身影。

凌志剛抬眼望去，馬路正中央，站著一個穿灰色連帽衛衣的瘦削男子。他就那樣站在馬路上，也不怕被車輛撞到。

凌志剛瞄了一眼那人，只冷笑一聲。

他毫不感到意外，他在遊戲裡結過太多怨，來尋仇的參加者沒少見。

「落車睇下。」凌志剛將視線放回手機上，手指卻已悄悄解開了袖扣。

蒙面司機點頭，推開車門。夜風灌入車內，帶來一絲涼意。

衛衣男抬起頭，露出一張年輕而平淡的臉。

「汝乃審判之障，必須清除。」他說。

蒙面司機皺眉，向前逼近一步。但衛衣男紋絲不動。

「你講咩？」蒙面司機問，右手已經悄悄移向後腰，那裡藏著一把手槍。

「汝乃審判之障，必須清除。」衛衣男只是機械地重複著同一句話。

車窗搖下，淩志剛的聲音傳了出來，「搞掂佢。」

蒙面司機一聽，立刻拔槍。

誰知就在他的手即將碰到槍套的一剎那，衞衣男的手突然模糊了一下。

哧——

蒙面司機的胸口瞬間綻開一道血花，竟連一聲慘叫都來不及發出，便直挺挺地倒在地上，再也沒動過了。

淩志剛好像嘆了口氣，他關上了手機螢幕，車內頓時陷入黑暗。他盯著窗外的衞衣男，眼神中沒有恐懼，只有一種冷靜的評估，像是在計算著某種機率。

衞衣男慢慢朝著勞斯萊斯走來，步伐均勻而緩慢。

車門打開，衞衣男探頭一看，空的。豪華的真皮座椅上空無一人，只有一部已經暗下來的手機。

淩志剛不知何時已經不在車內。

衞衣男眼睛掃視著四周的黑暗。

馬路旁一個地盤的水管被凌志剛微微鬆動，只是輕輕一擰，不易察覺的一個動靜。水開始從那裡緩慢滲出，一滴、兩滴，漸漸形成一條細流。

但衛衣男沒有察覺到這微小的變化，他的注意力全在尋找消失的凌志剛。

一個看似不經意的一個動作，卻如投入平靜水面的一顆小石子，激起漣漪，最終引起滔天巨浪。

水流悄然滲入地盤電箱底部，引發短路。電流在水中流竄，激起一串細小的火花。這些看似微不足道的火花，卻點燃了附近未封好的燃油容器。油氣混合物瞬間被點燃，原地炸出一個火球。

轟——！

衛衣男聽到巨響，抬頭一看。

爆炸的震動傳至停在斜坡上的挖泥車。挖泥車失穩滑落，砸在早已被雨水侵蝕出內部裂縫的護土牆。這最後一擊，導致牆體立即崩塌。

整個斜坡奔湧而下。瞬息之間，衛衣男所站之處被幾十噸泥土淹埋。

凌志剛現身，注視著那個新形成的土丘。他衣服沾了些灰塵，但整個人依舊從容不迫。

這就是他的蝴蝶效應，殺人無須弄髒自己手，只需在正確的時間做出正確的微小動作，就能引發連鎖反應。這是他最愛用的能力之一，簡單、省力氣，最重要的是：乾淨。

一切都看似意外，沒有人能將其與他聯繫起來。

他正打算轉身離開，土丘突然震動起來！開始是輕微的顫抖，接著越來越劇烈，土塊被巨大的力量從內部擊散！

一對白色翅膀從土丘上展開，帶著光芒衝天而起。衛衣男，不，那已經不像普通人了——懸浮在空中，衣物破碎，露出一副完美無瑕的軀體，背後的雙翼張開足有四米寬。

「汝乃審判之障，必須清除。」那生物在高空俯視著凌志剛，眼中充滿了某種冷漠的正義感。

「你應該唔係普通參加者。」凌志剛眼神始終盯著空中的生物，心中已經確定這絕不是甚麼普通尋仇。

因為像這樣長翅膀的東西，他在遊戲見過一次。

那是『上環車站』的遊戲裡，忽然出現的天使，跟其他都市傳說完全不同的存在。

凌志剛想不到理由。遊戲中的天使怎麼會跑到現實世界？還專門找上門要他的命？

那生物居高臨下，翅膀在月光下泛著銀光，只是冷漠地注視著凌志剛，不發一語。

凌志剛皺眉。這沉默讓他更加煩躁，他慣於掌控一切情報，而現在卻一無所知。

「Diana 派你嚟？」凌志剛語氣中帶著一絲不耐煩。

「……」

「如果你唔開口，」凌志剛語氣冷峻，「我只能夠用呢個方法令你開口。」

凌志剛緩緩脫下西裝外套，扔在地上，然後慢慢捲起右臂袖子。

未等凌志剛有所反應，那生物已展翅而去，消失在夜空之中。

5
開膛手傑克

紅門後是個老舊的地下室。

子晴轉頭看了看，發現後方只是一面光禿禿的磚牆，自己剛才踏入的紅門已不見。

這地方感覺像是十九世紀歐洲的風格，空氣中佈滿地下室特有的霉味。

不同於以往的遊戲，這次烏鴉沒有出現為他講解。

那裡有張木桌，牆上掛著盞油燈，照亮了桌上的一封信。

子晴拿起信封，拆開來讀。

致遊戲參加者：

歡迎來到 1888 年的倫敦。
過關條件很簡單：阻止開膛手傑克案發生。

據歷史記載，開膛手傑克的第一個受害者將在今晚出現。
阻止這宗案，你就能改變歷史，
將這個都市傳說於萌芽階段扼殺。

你總共有三次機會。

為了融入這個時代，我已為你準備了送煤工人的裝扮。

記住，一旦你的真實身份暴露，遊戲立即失敗。

祝你好運。

「開膛手傑克？」子晴讀完信。

看來，所謂最終遊戲的都市傳說主題，就是那個「開膛手傑克」都市傳說。

這個都市傳說實在太過有名，以至無人不識。

那個叫開膛手傑克的殺人魔，當年連續殺害女性，手法極度殘忍，他真正身份至今仍無人知道，堪稱世界上最惡名昭彰的殺人魔。

子晴注意到牆角掛著一套衣物——粗布襯衫和吊帶褲，正是信中提到的送煤工人裝扮。

換好衣服後，子晴很快發現了通往地面的樓梯。順著樓梯往上走，頂端是一道大門。

推開門的瞬間，一股混合著煤煙、馬糞和麵包的氣味撲面而來。

眼前是一個前園，再往外是一條街道，馬車來來往往，行人穿著維多利亞時期的服裝匆匆走過。

天空上沒有詭異的紅色、倒時計，他有種錯覺就好像自己真的穿越了過去一樣。

而這也真的令子晴有點錯愕。

子晴站在前園中，想著要怎樣做才能勝出遊戲。

他手上只有那封甚麼線索都沒給的信，就要他在茫茫人海中找一個還沒被害的女人？

他一邊步出前園，一邊屋子二樓有人對他喊濃厚倫敦腔的英文，「喂，送煤工人，你的煤炭不拿了！？」那人指著前園兩袋煤炭說。

在遊戲子晴的設定好像是個送煤工人。但他沒理會。

剛好一輛馬車接近，因為看到突然出現的子晴，車夫猛拉韁繩急停。馬匹差點撞上分心的子晴。

「對不起！對不起！」車夫連連道歉，卻不是對差點被撞的子晴說。

似乎因為馬車急停，車廂內的乘客受到了驚嚇。

「對不起，夫人，忽然有個送煤工人閃出來，我不得不急停。」車夫連忙解釋，眼神中帶著歉意與一絲對子晴的不滿。

「你說送煤工人？」

車裡探出一張濃妝的臉，是個胖女人，衣著華麗，顯然是個有身份地位的人。

「這位，您知道我正趕往哪裡嗎？」胖女人用絲質手帕按著自己的額頭，「你現在弄破了我的頭，請問你要怎樣負責？」

子晴瞪著這個傲慢的女人，心裡暗自好笑。在他看來，這不過是個遊戲中的佈景角色，根本不值得浪費時間。

「你唔好煩我，我有重要嘢要做。」子晴直接用粵語回應，轉身就要走。

那胖女人似乎聽懂了他的話。她臉色一下子變得鐵青。在這個階級分明的時代，一個最底層的送煤工人竟敢用這種態度對她說話，簡直不可饒恕。

「抱歉！這麼惡劣的態度，看來你不知道我是誰！」她再顧不著甚麼體不體面，聲音提高了八度，引得過路人紛紛側目。

「我當然唔知你邊個，」子晴不屑地回，語氣更加輕蔑，「你想知道，點解唔去問你父母？」

胖女人的臉猛地漲紅，怒不可遏。「……我一定要好好教你禮儀。」

沒等子晴反應過來，胖女人已經掀開車門，一把搶過車夫手中的馬鞭，舉起來就要朝子晴揮去。

子晴眼疾手快，一手就捉住了揮來的馬鞭。絲毫不見驚慌。

他心裡清楚，眼前的這一切，包括這個暴怒的胖女人，都不是真實存在的。這些不過是 Diana 精心設計的遊戲元素。既然如此，何不趁機試探一下，看看這個遊戲的底線在哪裡？

「你想怎樣？一個送煤工人竟然斗膽如此無禮！」胖女人氣得渾身發抖，試圖拽回馬鞭，但子晴的手紋絲不動。

路過的人開始駐足觀望，交頭接耳。

子晴一直沒有放手，胖女人見掙脫不了，眼底閃過恐懼。她開始意識到自己可能遇上了個危險人物，不同於平常那些唯唯諾諾的下等人。她忽然帶著幾分裝出來的驚慌，「救命啊！人來啊！有狂徒襲擊人啊！」

剛好有幾個在巡邏的警察，聞聲向這邊望來。

子晴觀察了一會，見胖女人也沒有其他特別的舉動，本來不想再理。但就在這時，他注意到附近圍觀的人群對自己投來的目光有些異樣。那些目光中帶著一種奇怪的質疑和審視，好像在看一個不該出現在這裡的異類。

他不能解釋這種異樣感，但這種異樣感令他的視線開始變紅，而且有種暈眩的感覺。

他想起了一開始讀過的信。

記住，一旦你的真實身份暴露，遊戲立即失敗。

真實身份是指甚麼？是遊戲參加者嗎？還是說，這個遊戲世界有它的規矩和秩序，而他剛才的舉動打破了這種秩序？

他開始站不穩了。

是不是他這樣無禮對待一個上流人士，並不符合送煤工人的身份，所以遊戲給他警告？在這個階級分明的世界裡，一個送煤工人怎麼可能敢直視貴族的雙眼，更不用説頂撞了。

子晴決定暫時妥協。於是他放開了那馬鞭，同時低下頭。

那胖女人抓緊機會一鞭下來。子晴的臉上立刻火辣一片。

「這位女士，發生甚麼事？」警察走近，他們只是掃了眼子晴臉上的紅印，就轉向了胖女人，裝作看不見胖女人用鞭子打人。

「沒甚麼，我只是在教導窮人甚麼是禮儀。」胖女人傲慢地説。

「那你還有事嗎？」警察轉而問子晴。

子晴看著那個女人得意的表情，看著周圍人群嘲諷的目光，再看看警察公然偏袒的態度，他明白了這個世界的規則。

「冇事。」子晴低聲說。

「那這位女士還需要幫助嗎？」警察轉向胖女人，語氣立刻變得客氣起來。

「我也勉為其難原諒他了。」胖女人一鞭出氣，心滿意足，於是把那馬鞭還給了車夫。「走吧。」她吩咐道，隨即鑽回車廂。

馬車在車夫的驅策下揚長而去。圍觀的人群也開始散開，警察也不再理這事，繼續巡邏。

隨著人群散去，剛才那異樣感也消失了。剛才那個提示已經足夠明確了。

看來他不能做出過分出格的行為，甚至連能力可能都不能用。在這次遊戲中，他必須嚴格遵守自己的身份設定——一個低賤的送煤工人，否則就會面臨遊戲失敗的風險。

現在只能暫時妥協了。

子晴回想起那封信的內容。信叫他阻止一宗即將發生的殺人案，但他一點線索都沒有。

不過如果是遊戲，那就一定會有線索、引導。否則玩家根本無法進行下去。

線索……引導……劇情……一定有甚麼是他忽略了的。

就在子晴思索之際，忽然被人從身後拍了拍肩膀。他本能地轉身，右手已經握成拳頭。

「喂，你還在這裡幹甚麼？煤炭都送完了嗎？」一個粗獷的聲音在身後響起，語氣雖然粗魯但不帶敵意。

子晴慢慢放下已經握緊的拳頭，只見一個滿臉煤灰的男人正盯著他。這人同樣是個送煤工人，身上的衣服和子晴的一模一樣，只是更加骯髒。

「既然送完了，就跟我一起回去吧！站在這種地方發愣，小心招來麻煩！」

那人伸手想拉子晴的手臂，但子晴巧妙地避開了，「唔使拉我，我自己識行。」

那人愣了一下，隨即大笑，「脾氣挺大啊，不過我喜歡。在這種地方，太軟弱的人活不長。」

子晴本來不想跟著他走，但轉念一想，這難道不是遊戲給他的引導？他反正手頭沒有任何可行的方向，跟著走總比在原地瞎猜有用。於是他跟上那人，穿過幾條狹窄的小巷。

最終，他們來到了一間煤炭店。

店面不大，四周堆滿了煤塊。幾個同樣衣著粗陋的送煤工人正在休息，見到子晴和那人進來，只是抬頭看了一眼又繼續低頭閒聊。

「好了，現在要把這些煤炭送到東區，有誰可以送過去？」

子晴循聲望去，一個滿臉橫肉的男人站在角落，雙手叉腰。看來是店裡的主管。

其他人一聽到東區，紛紛低下頭，表情變得十分古怪。整個店裡只剩下幾個人小聲的咳嗽。

子晴挑了挑眉，這反應不正常，難道是東區有甚麼問題嗎？

由於無人回應，主管的臉色越發陰沉，最後目光落在了子晴身上，「你，新來的，去東區送一趟煤！」

子晴不喜歡別人用這種口吻對他說話，但爭辯的話，又會引起麻煩。他冷淡地點了點頭，「好，我去。」

主管反而愣了一下，顯然沒料到會有人這麼乾脆就答應。

一開始帶子晴來的那個送煤工人見狀，眼裡只有同情。他走過來，拍了拍子晴的肩膀，「真可憐，偏偏讓你去。」他嘆了口氣，「不過到了東區，記得不要多管閒事，送完煤就立刻回來。」

「多管閒事？嗰度有咩問題？」

那人左右看了看，壓低聲音，「東區近來不太平，每天都有人被殺、失蹤……」他沒説完，但意思已經很明顯。

子晴眼神一亮，心中了然。一個充斥著殺人和失蹤的地方，這不正合他意嗎？所謂的送煤，恐怕是遊戲精心設計的引導環節。

子晴坐上馬車，車程大概一個小時。子晴沒有浪費時間，一直留意路途的變化，可惜除了環境逐漸惡劣外，沒甚麼有用的收穫。

馬車進入東區後，可以看出這裡比之前的地區骯髒雜亂很多。垃圾堆積無人清理，玻璃大多破碎或根本不存在。周圍都有大煙囪不斷冒黑煙，而且工廠機械聲很吵。

子晴走下馬車，一個大胖子踉蹌著撞到他身上，把一身的麵粉都蹭在他身上。胖子看著子晴，突然怒目圓睜：「不要擋路！」説完，胖子吐了一口痰在地上，扭頭就走，彷彿受害者是他自己一樣。

子晴拍打著身上的麵粉，只覺得一肚子火無處發。

強迫自己深呼吸幾次後，子晴慢慢冷靜下來。「唔好衝動。」他在心裡提醒自己。環視著這條破敗不堪的街，他想，既然遊戲將他引導到這裡，這裡很可能就是兇案發生的地方，畢竟已經有相當明顯的提示了。

抬頭環顧四周，這地方的墮落更加刺眼。幾個衣著暴露的女人當街當巷向過路男人拋媚眼。巷子裡，幾個人圍成一圈，不知道在賭博還是交易甚麼。這裡的治安明顯差得離譜，也難怪煤炭店的工人們都不想來東區送貨。

「你呆著幹嗎？還不快去送煤炭！」其他工人開始催促子晴。

子晴本就不是好脾氣，這一天被人指手畫腳已經夠多了，此刻也有點忍不住了。

「你要送自己去送，你理我咁多做乜。」

其他人見他態度這麼差，也懶得再管。「隨你便，反正出了事別拖累我們。」

子晴站在原地，看著他們離開送貨。他轉身向另一個方向走，打算先在附近走一圈，看能否找出甚麼線索。

然而，剛走出幾步，那熟悉的異樣感又來了。

心臟開始加速跳動，視線逐漸模糊，周圍的顏色都是紅色的。子晴頓時明白了甚麼，停下腳步。

為甚麼？他今次甚麼也沒有做啊，甚至還沒開始行動，為甚麼還會這樣？難道只是想自己找線索就犯規了？

他勉強拖著沉重的腳步，返回一開始下車的地方。令他驚訝的是，異樣感立刻消失了。

子晴靠在馬車上喘息，看著車上的煤炭和正在搬運的工人，突然明白了。

他不但不能做出格行為，就連偏離安排都不行。遊戲對他的控制比想像中還要嚴格。

他現在必須要去送煤炭，這是無法繞過的劇情點。

認清現實後，子晴不再抗拒，提起一袋煤炭。

天色漸暗，街上的人稀少了起來。子晴按著單子上的指示，來到了一棟破舊的公寓。

「你好，送煤炭。」子晴站在 301 室門前，敲了敲門。

入夜後的樓道更顯陰森，但送貨的差事依然沒完沒了。這已經是他第十二趟了。

「來了！」門內傳來應答，隨後一位白髮老太太迎了出來，「請進。」

子晴把煤炭放到廚房角落，老太太的爐子只剩微弱火光，快要熄滅了。

「謝謝你啊，」老太太滿臉皺紋卻笑容真摯，「沒這些煤，冬天怎麼熬呢。」

「唔使客氣。」

「要不要喝杯熱茶再走？外面冷。」

「唔使，多謝，我仲有其他地方要送。」

「那好吧，路上小心。」

出門後，子晴站在黑暗樓道裡，煩躁感越發強烈。送煤炭到底跟開膛手傑克有甚麼關係？信上說謀殺案就在今晚，可他卻在這裡浪費時間。

「垃圾遊戲……」他咬牙切齒地低聲咒罵。

這棟樓還有另一戶要送，他於是深吸一口氣，繼續上樓梯。

可能因為心急，他沒有留意到樓梯中段有一根釘子突起了。腳底猛地一痛，他差點失去平衡。即使隔著鞋底也有那尖銳的痛感，如果赤腳恐怕血流如注了。

他到了 404 室前。敲了敲門。

「你好，送煤炭。」

門後一片寂靜。子晴皺了皺眉，抬手再次敲門，這次用力得多。

「你好，送煤炭！」

「來了來了，急甚麼……」門後隔一會才傳來慵懶的回應，伴隨著拖沓的腳步聲。

應門的是個胖子，衣衫不整，褲子扣子甚至還沒完全扣好。

「放到廚房吧。」胖子不耐煩地揮了揮手，轉身就往屋裡走。

子晴看了胖子一眼，眉頭微蹙，總感覺有點眼熟，但一時又想不起在哪裡見過。

他提著煤炭袋跟了進去，屋裡瀰漫著濃烈香水的氣味。

「這是誰啊？」屋子裡還有另一個人，是個女人，也衣衫不整，臉上的粉黛已經花了，看見有陌生人進來竟然一點也不害羞，似乎是妓女。

「就是個送煤炭的，不用理會。」他朝子晴使了個眼色，示意他快點完事走人。

子晴把煤炭放在廚房，角落裡堆著一些烘焙用品，還有幾袋麵粉。這一幕突然觸動了他的記憶。等等，這不就是——

他終於想起來了。這胖子不正是稍早在街上撞到他，還把麵粉蹭到他身上的那傢伙嗎？

「你還有其他事嗎？」胖子好像認不出子晴。

「冇。」子晴搖搖頭。

子晴一邊離開，一邊飛速思考。這真是巧合嗎？他竟然兩次遇見同一個人。而且剛才看到那女人，他才想起真實的開膛手傑克的受害者也是妓女。

他看看外面，霧氣濃重的倫敦夜晚，時間、對象，一切都對上了。

離開屋子後，子晴沒有立即下樓，而是在確保胖子關門後偷偷折返。木門隔音極差，裡面的談話聲清晰傳來。

「你今晚真漂亮……」胖子的語氣變得黏膩起來。

「快點吧，親愛的。我還有客人在等著。」

「別急嘛，先來杯酒暖暖身子。」

「你這個小壞蛋。別忘了上次說好的，這次別又耍賴。」

「怎麼會呢，寶貝。我已經準備好了，保證讓你滿意……」

子晴越聽越覺得自己多疑了。這分明就是再正常不過的皮肉交易，跟連環殺手一點關係都沒有。

子晴正想悄悄離開，忽然──

「咳──咳咳……」女子忽然開始急促呼吸。
「怎麼了？」

「我……我突然……不……不能……呼吸……」

「別開玩笑了……喂！你別嚇我！」

「噗通」，一聲重物倒地的悶響，像是有人突然倒下。

「天啊！醒醒！」胖子聲音發抖，「該死……該死的……」

一陣短暫的靜默後，胖子慌亂衝出屋，子晴趕在他打開門之前已經閃到牆後陰影處。

胖子環顧四周，似乎感覺到有人在附近，但又不確定。驚慌之下，他也顧不上多想，直接跑下樓梯逃了。

子晴等了幾秒，確認屋內沒有其他人出來後，決定潛入屋裡。他放下煤炭，輕輕推開半掩的屋門，走了進去。

屋內景象讓他心頭一沉，那妓女正俯臥在地板上，一動不動。

「大劑。」子晴一陣寒意從背脊竄上。

他快步走過去，彎下腰探了探女子的鼻息。
她已經死了。

子晴翻過妓女的屍體，在她的脖子和全身上下找不到任何外傷。胖子也不像是有意殺人，反而是像被突發狀況嚇破了膽。

子晴皺眉思索：如果這就是傳說中開膛手傑克的第一個受害

者，那就與歷史記載完全不符。沒有殘忍的刀傷，沒有內臟被取走，甚至看起來都不像是他殺案。

難道他要阻止的謀殺案不是這個？

他坐在房間唯一的椅子上思考，過了一會，門外有倉卒的上樓梯聲，是胖子回來了，而且聽聲音不只一個人。

「嘶——媽的，好痛！這是甚麼東西？這破樓梯有根釘子！差點刺穿老子的腳底。」

「你小心點吧。這老房子年久失修，是這樣的了。」

聲音越來越近。

「匿埋再算！」房間角落有個高大的衣櫃，勉強能容納一個成年人。子晴三步併作兩步竄進衣櫃，剛剛關上櫃門，屋門就被推開了。

兩人進屋後立即關門，好像沒察覺有其他人來過。子晴屏住氣，透過衣櫃的門縫觀察外面。

「這件事你只告訴過我吧？」瘦削男臉色凝重，盯著胖子問。

胖子連連點頭，額頭上都是豆大的汗珠，「一出事我就立刻去找你了，真的，沒有其他人知道！」

瘦削男微微頷首，似乎相信了胖子的話，但表情仍然嚴肅，「你到底怎麼搞的？為甚麼會死人？」

「老天做證，真不關我的事啊！她忽然就說喘不過氣，然後就、就倒下了，我都還沒回過神，她就已經不動了！」

「她死之前你們做過甚麼？有沒有甚麼異常？」

「我們甚麼也還沒開始做啊！她才剛來，就喝了一點酒，就那麼一小杯！」

「酒？」

「對，就是這瓶酒。」胖子指著桌子上的一瓶酒。

瘦削男走過去，拿起那瓶喝了一半的酒，仔細端詳，然後聞了聞瓶口。

「不會是你這酒有問題吧？」他看著胖子。

胖子立刻漲紅了臉，「怎會有問題？我也有喝啊！你看我不是好好的？」

瘦削男默不作聲。

「你該不會以為我下毒吧？我他媽是有病嗎？我怎會在自己地方做這種事！」

瘦削男搖了搖頭，慢慢道：「我沒有懷疑你下毒。我只是想，她是不是不能喝這種酒。」

「甚麼意思？」胖子一臉茫然。

「我有個鄰居，上星期忽然就死了。後來查出來，原來他不小心吃了巧克力，只是一點點，他就這麼走了。」

「為甚麼？那巧克力有毒嗎？」

「沒有毒。只是有些人天生就不能接觸某些東西。只要一點點，就可能致命。」

胖子聽得一愣一愣的，「你說的是巧克力，但我酒裡應該沒有巧克力啊？」

「不只是巧克力。我聽說過有些人不能吃蝦，有些人不能吃花生。如果你這酒裡有些很特別的成分，她又不知道，就這麼喝下去了，那麼……」

胖子恍然大悟，一拍大腿，「你這麼一說，我想起來了！這酒好像是從印度帶回來的，用東方堅果釀的。老闆當時還特意強調過，說甚麼很稀有。」

「對，就是這樣。可能這女的不能接觸那些稀有堅果。這就說得通了。」

「可是她年紀不大也不小，怎麼之前都沒事？」

「因為她之前根本沒機會接觸這種稀有堅果，自然也就沒出過事。今天剛好碰上了，一喝便出事了，就是這麼巧。」

「原來如此……」胖子長舒一口氣，「那真的是意外，不能怪我啊！」

「可問題是，誰會信你？一個妓女在嫖客家中突然死亡，你說是因為喝了稀有堅果的酒而死，警察只會覺得你找藉口。」

胖子的臉又垮了下來，「唉，那現在怎麼辦？如果被我妻子發現……」他不敢再說下去，臉色煞白。

「真的沒有其他人知道她來過吧？」

「沒有吧？從市中心回來都沒有碰見熟人，她又是剛來的，沒人認識。」

「這就好辦了。」瘦削男明顯鬆了口氣。

「啊……」胖子忽然想起甚麼，臉色再次變得難看，「剛才有個送煤炭的來過。」

「送煤炭的？他見到她在這裡？」

「是……他看見我和她在一起。」

瘦削男也變了臉色，陷入思索。片刻後，他再問，「你認識那個送煤工人嗎？」

「不認識，應該不是東區的人。」

「那還好。」瘦削男稍稍放鬆，「他一天要送這麼多煤炭，見那麼多人，應該不會特別記得你們。」

「如果他真記得，怎麼辦？」

瘦削男沉吟片刻，「這樣吧，反正她是自己死的，我們就把她丟在公園，讓其他人發現她。警察解剖完屍體，會發現不是他殺，自然不會深查。就算那送煤炭的真認得你，頂多會覺得是兩件不相關的事，不會往一起想。」

「你覺得這招真的行？」

「八成把握吧。」

胖子激動得幾乎要跪下來，「表弟，你真是我救命恩人！要不是你，我真不知道該怎麼辦！」

「好了，別廢話。你有油布袋嗎？防水的。」

「油布袋……？」

「要夠大的，能裝下整具屍體，有沒有？」

「我去看看。」

「快點！要是被你老婆回家撞見，就真的大事不妙了。」

兩人不再多說，迅速行動起來。他們找到了裝麵粉用的油布袋，把屍體裝進去，一個人抱著腳，一個人拖著肩，匆匆忙忙地抬下樓去。

子晴偷偷走出衣櫃，躲在牆後，聽著兩人對話。

他不禁想，這真的是他要阻止的第一宗開膛手傑克案嗎？眼前不過是宗普通棄屍案。死者看來是過敏致死，跟開膛手傑克的殘暴殺人案完全扯不上邊。

子晴皺著眉。會不會真正的開膛手傑克案發生在其他地點，而他卻在這裡白白浪費時間？他緊張地舔了舔乾燥的嘴唇，卻沒意識到自己已錯過了最後的機會……

樓梯間傳來一陣混亂又急促的對話。

「你慢慢來！不要急！這樣我會跌倒！」

「快點吧，表弟！再拖下去我老婆要回來了！」

事情的來龍去脈並不複雜。由於瘦削男扶著屍體的腳走在前方，他走的時候基本上是倒後走，視線根本看不清樓梯，而胖子則是拉著屍體的手走在後面，一個想慢一個想快，節奏完全不同。

胖子實在太心急，想快點抬走屍體，結果瘦削男被推至失去重心，腳下一滑，終於跌倒在地上。沉重的布袋也從胖子汗濕的手裡拉不住，就「咚咚咚」向下滑下樓梯了。

「我都說了！」本來瘦削男想罵胖子，但是當他低頭一看樓梯下方，一張臉都慘白。

胖子也定在原地。下一秒，他突然彎下腰，兩手捂住嘴，但還是擋不住嘔吐物。「嘔——」，把胃裡的東西通通吐了出來。

「天啊……我們完蛋了……」胖子跪坐在樓梯上，哭出來了。

偷偷跟著他們後面的子晴聽見異狀，也不再躲藏。他小心翼翼地探出頭來。

一眼望去，整個人都呆了。

樓梯上半段甚麼事也沒有，一切如常。但下半段卻都是血。

有血的地方正是從樓梯上那根突起的釘子開始。應該是剛才屍體下衝的速度太快，而且屍體本身有重量，經過釘子的時候，釘子就像利刀一樣，把屍體整個後背開膛了。

開膛手傑克。

這五個字如同閃電般劃過子晴的腦海。他終於明白了，真相是那麼荒謬。遊戲把他引導到這裡並沒有錯。只是這案沒有任何一個人是兇手，只有一個意外，一個巧合，一根突起的釘子。讓一切看起來就是變態殺人犯幹的事情。

「我會被抓，我死定了。」胖子癱坐在樓梯上，絕望地喃喃道。

「你先不要慌。」瘦削男也很慌，但他強迫自己冷靜。「事情是麻煩了，但還沒有人發現。把屍體丟在公園，就算別人懷疑是他殺案，都不會懷疑到你身上。」

「那……那……送煤工人呢？」

「你他媽的！」瘦削男一把揪住胖子的衣領，眼中冒火，「到時候才想吧！總有方法的！」

胖子被嚇得直哆嗦，眼淚鼻水一起流，「要不我去自首吧？頂多被我老婆罵死，不至於背下殺人罪。」

瘦削男鬆開手，深吸一口氣，「表哥，我老實跟你說。你一自首，就會完蛋。沒人會相信你。何況，你有錢請律師嗎？」

「我……」胖子被問住了，張了張嘴，卻也無法說下去。

瘦削男是胖子表弟，一個在社會底層摸爬滾打多年的混混。

他剛才那套「警察解剖後會發現不是他殺」的鬼話，純粹是謊言。

這種案，警方一看就能發現問題。屍體有被搬動過的痕跡、皮膚上的瘀傷、沾上的麵粉，全都是證據。

他表哥就是個軟骨頭，嚇都能嚇死。正因為這點，瘦削男才確信他不可能真下得了手殺人，才會冒險來幫他。他只能用謊言充起表哥的膽量，不然他一崩潰，兩人都會完蛋。

反正死人已經死透了，傷口多一道少一道又有甚麼分別？

至於自首？那更加是自尋死路。維多利亞時代的倫敦，階級觀念根深蒂固，法官、陪審團全是上等人、貴族，他們眼中的底層天生就會犯罪。多少無辜的窮人寧可逃跑也不會自首。

胖子沉默了許久，終於抬起頭，「我明白了，表弟。我不會自首。」他聲音低沉，「但是……屍體變成這樣，我們要如何處理掉？」

瘦削男拍了拍他的肩，「這才對嘛，知道甚麼該做，甚麼不該做。」他目光掃過那血肉模糊的屍體，眉頭微皺，開始思考著下一步該怎麼走。

屍體現在的狀態比剛才糟糕得多。腸穿肚爛，大半條樓梯都

是血。

瘦削男躡手躡腳走下樓梯，生怕會踩到那些已經開始變得粘稠的血跡。

子晴藏在後方的陰影處，手緊緊握成拳頭。他深知現在的情況有多危險。不過，遊戲還沒有結束，也沒有提示他已經失敗，也就是說，還可以做些甚麼。

雖然無法逆轉時間，但他還有其他手段。讓屍體消失？或索性讓他們全部人消失？

正當他手腕上的刺青開始浮現時，瘦削男一個舉動引起了他的注意。那人的動作開始變得詭異，閉眼、托腮、搖頭，這些小動作以不自然的頻率交替出現。

他站起來，但他站起來整個動作只用了一瞬。

「軹抳犵曠輇獬刑一猢[illegible]眒！」

瘦削男說話速度超快，音節連在一起，子晴根本聽不清內容，只聽到一串刺耳的雜音。

下一刻，更詭異的事情發生了。

瘦削男跑下樓梯的速度快得只剩殘影，他和胖子一起把那破爛的屍袋重新塞進另一個更大的袋子裡，整個過程恐怕只用了半秒。接著他們下了樓，又回來了，用不可思議的速度清理現場。

外面的世界更是瘋狂，陽光升起又落下，街燈亮起又熄滅，日出、夜晚、日出、夜晚。

子晴的心臟狂跳，他終於意識到，這不是他的錯覺，而是遊戲速度在快轉，彷彿遊戲在強制跳過某些情節。

「唔好！等陣！」子晴拼盡全力大叫，聲音在他自己聽來卻像從水底發出。

突然，時間的流速恢復正常。

「怎麼辦？事情已經鬧大了，大家都說有倫敦變態殺人魔出現。」瘦削男和胖子又出現在樓梯間。胖子臉上的恐懼比以前更甚，眼圈發黑，像幾天沒有睡過。

「那又怎樣？有人懷疑你了嗎？」

「沒有。但我還是很怕，要不我還是自首吧，反正人不是我殺的，好好解釋清楚。」

「你不要幹傻事！」瘦削男厲聲喝止，「我告訴你，他們是不會相信我們的，我們只會被判死刑。你是不是想死？」

「不想……」

「不想你就要聽我的，你一定要維持以前的生活，不要讓人懷疑你，不要搬家，不要換工作。知道了沒有？」

「知道了。」胖子徹底認命。

時間再次快轉，世界變成一片模糊的殘影。子晴只能呆立原地，感受著這種詭異的時空錯亂。

他不知道過了多久，幾天？一周？直到一聲清脆的門鈴聲把他從時間漩渦中拽了出來。

叮鈴——

子晴猛地回過神來，發現自己仍站在原處，但 404 室門前已堆積了幾天未拿的報紙。

門鈴聲再次響起，依然沒有人應門。按鈴的男人等了片刻，似乎意識到徒勞，轉身準備離開。

那人身材胖大，穿著一身考究的啡色大衣，頭戴同色禮帽。他與子晴擦肩而過時，子晴只看到了他的側臉輪廓，卻莫名感到一陣熟悉。

這身影……子晴皺眉，為甚麼會給他一種強烈的既視感？

等那人走遠幾步，子晴才回過神來，眼前有更重要的事，於是快步上前拾起地上最新的一份報紙。

頭版標題粗黑醒目──《倫敦東區發生恐怖兇案：神秘殺手殘忍手段震驚全英》

標題下方的圖片被刻意模糊處理，但仍能看出死者後背被某種利器剖開了。跟樓梯上發生的意外一模一樣。

子晴的手不自覺地顫抖起來。

一切已成定局。

開膛手傑克的第一案，就這麼在他眼前成為了歷史事實，他沒能成功阻止。遊戲的過關條件是成功阻止開膛手傑克的第一案，而他已經徹底失敗了。

「你失敗咗！」那道漸行漸遠的背影突然停下腳步，頭也不回地說。

這聲音讓子晴被擊中一樣，僵在原地。這聲音他太熟悉了，絕對錯不了。

「大寶？」子晴難以置信地喊出聲。

那人轉身，臉上似笑非笑，「嗯？咩大寶？我只係個普通嘅倫敦居民，咁啱都追查緊呢個恐怖殺手。」他卻沒有說周圍人們說的英語。

「你根本就係大寶！」子晴幾步衝上前，聲音激動起來，「點解你都喺度？Diana 都逼你玩呢個遊戲？」

眼前的人確實是大寶無疑，雖然他也一身維多利亞服裝，但那張臉絕對是子晴認識的那個大寶。

子晴腦子裡亂成一團。進入遊戲前，明明被告知這次遊戲只有他一個參加者。大寶為甚麼會出現在這裡？難道他的身份不是參加者？還是說遊戲從一開始就在騙他？

大寶似乎察覺到了甚麼，嘴角微微上揚，「如果你繼續問遊戲以外嘅問題，會被判定暴露真實身份……送煤工人。」

他說最後四個字時，刻意放慢了語速。

就在這瞬間，子晴的視野突然閃過一片刺目的紅色。那抹紅色來得快去得也快，轉眼間恢復了正常視覺。

是警告。子晴心頭一緊。

「既然遊戲都失敗咗，我仲理呢啲做咩？」子晴煩躁地抓了抓頭髮，雙眼盯著大寶不放。既然已經搞砸了，何必再遵守那些該死規則？

大寶眼中閃過一絲無奈。他左右看了看，確認沒人注意這邊，才湊到子晴耳邊，「你只係失敗咗一次，你係咪要放棄埋剩低兩次機會？」

「剩低兩次機會？」

大寶嘆了口氣，「信上面寫咩？」

「信？」

「一開始嗰封信，」大寶慢條斯理地提醒，「上面講過有幾次機會？」

子晴腦海中閃過那封信的內容——「你總共有三次機會」。

「三次……原來係咁。」子晴喃喃自語，眼睛微微睜大。

「係。」

子晴這才恍然大悟。那封信上確實提到三次機會，而自己卻理解錯了。不是有三次機會去阻止開膛手傑克，而是能夠失敗三次的意思。即便搞砸了，他還有兩次從頭再來的機會。

子晴深吸一口氣，慢慢冷靜下來。

「……咁你嘅身份係咩，你出現係有咩想講？」子晴勉強調整好情緒，轉而問了一個更安全的問題。

「我身份係一個神秘調查員。我出現係因為你需要幫助。而我被指派嚟引導你。」

「等等，」子晴突然打斷他，腦中閃過剛才的慘狀，「但呢個根本唔係開膛手傑克案！個女人係俾樓梯上面粒釘搞成咁。邊度關連環殺人案事？」

「封信都冇話過係連環殺人案。係你自己先入為主。」

「冇？信上明明寫阻止開膛手傑克案！」

「冇錯，開膛手傑克案——但冇話過係連環殺人案。」

「好呀，你而家玩文字遊戲。所以你承認，你係故意誤導我？」

大寶沒有直接回答，而是拋出了一個個問題，「我嚟問你，歷史上真正嘅開膛手傑克案，真相到底係點？邊個係兇手？點解要殺人？」

「我唔知。」

「嗯，你唔知，我都唔知。唔單只，全世界都冇人知。咁點解一開始，大家第一反應都覺得係變態殺人犯做？」他走近一步，「咁唔通唔係先入為主？點解就唔可以係意外？」

「就當我先入為主，你夠膽講你冇誤導我？你特登寫到字眼咁含糊，擺明就係誤導。」

「子晴，唔好唔記得，今次係一個 Game。遊戲本來就係咁。情報唔會全部提前講晒你知，探索同陷阱都係遊戲嘅一部分。如果你唔能夠適應呢點——」他的嘴角微微上揚，「你就會好似今次咁，輸得一敗塗地。」

那種居高臨下的語氣令子晴怒火中燒。但與此同時，他也意識到大寶說的沒錯。本來這就是遊戲，就算有誤導也是遊戲一部分，輸了就是輸了，找再多藉口也沒用。

「咁好，你話遊戲有三次機會，我輸咗一次，仲有兩次機會。」子晴提出說。

「冇錯。」大寶乾脆承認，同時從口袋裡掏出一塊懷錶，隨意瞥了一眼時間。

「畀我重新嚟過。今次我唔會再犯同樣嘅錯。」

這次他會用盡一切方法阻止「殺人案」發生，拔走樓梯上的釘子也好，把那瓶致命的酒換走也好，甚至直接阻止那對男女見面。

大寶似乎看穿了子晴的想法，露出笑容。「今次遊戲同現實世界一樣，時間只會向前流動，唔能夠回到過去。你阻止唔到第一單案發生，已經成為事實。」

「吓？」子晴愣住了，有點氣憤，「咁你頭先又話有三次機會？」

大寶輕輕搖了搖頭，「開膛手傑克成為都市傳說，經歷咗三個階段。」他伸出一根手指，「第一階段係萌芽期，就係呢宗意外、呢條屍，喺大家心裡面埋下開膛手傑克嘅種子，令呢個概念開始萌芽。」

「即係話，跟住落嚟我要阻止第二階段？」

「冇錯。因為有咗第一宗案，被啟發嘅兇案會接連發生，都係由模仿犯做嘅。第二階段，我哋叫佢做『孕育期』。」

「我要點先可以過關？」

「第二階段，你要阻止開膛手傑克呢個概念繼續發酵。」

「發酵？」子晴抓住了關鍵，「你係指繼續流傳？」

「係。」大寶把玩著手中的一枚古銅色硬幣，「開膛手傑克呢個概念，係包括專揀女性落手、手法特別殘忍，仲有挑戰社會嘅犯罪預告信。」他轉過頭，目光銳利地看著子晴，「而家只有第一宗案，遠遠唔夠形成開膛手傑克嘅完整概念。只要唔繼續發酵，咁呢單案只係一單有少少恐怖嘅殺人案，好快就冇人會記得。」

子晴沉默了幾秒，若有所思地點了點頭。

「最後講一點，」大寶的表情突然變得嚴肅，語氣也沉了幾分，「如果你下次都失敗，開膛手傑克就會進入第三階段。到嗰時，你想阻止佢，就唔會好似頭兩次咁簡單。所以，」他意味深長地看著子晴，「好好珍惜下次機會。我要講嘅就係咁多。」

404 室的門突然間自動打開。但出現在門後的不是之前發生命案的房間，而是一片綠意盎然的公園。

「等等，我仲有個問題。」子晴站在門前，轉身看向大寶。

「你問。」

「喺遊戲裡面我可唔可以用能力？」

「如果俾人見到，咁就唔得。」

「咁冇人見到呢？」

「咁就唔構成問題。」

「明白。」

子晴心裡逐漸豁然開朗。

遊戲規則不允許的行為，是偏離主線，或者暴露身份，作出與身份不符的行為。但暴露身份的前提，是被人發現作出與身份不符的行為。

換句話說，只要不被發現，就沒問題。

子晴深吸一口氣，穿過了那扇門。

6
集體潛意識

腳步聲在後，如影隨形。

艾瑪立即加快了腳步，攥緊住手提袋的帶子。最近東區發生的殺人案，讓整個倫敦都人心惶惶。報紙刊登的預告信更是說，下一個受害者是某戶人家的女僕人。

「不會是我，不會是我……」她在心中不停祈禱，不知不覺走進了公園，希望借著抄近路快點回到家。

只是她的腦海似乎暫時忘記了一個至關重要的細節——那具屍體，就是在這個公園被人發現的。

夜霧越來越濃，四周已經看不到人。

那腳步聲突然加快，艾瑪再也忍不住了，她知道再不跑，就真的來不及了。

「救命！有人嗎？救命！」她大喊。

就在這一瞬間，一把刀從她肚子裡穿出。

「咦？」疼痛還沒來得及襲上大腦，她的表情只剩下茫然。

刀子猛地向後一抽，帶出一蓬鮮血。艾瑪喉頭一甜，倒在地上。

鮮血不斷湧出，她視線開始變得模糊。

「為甚麼是我？」她意識游離，卻還不忘問出這個問題。

「你應該為成為我刀下的祭品而感到榮幸。」背後的聲音殘忍而愉悦。

艾瑪強忍劇痛，艱難地轉過頭，想要看清楚殺她的人長甚麼樣。

月光下，一個矮壯的男人身影站在她身後，他穿著屠夫圍裙，手握一把切肉刀。他身邊的油燈不知何時翻倒在地，火光照亮了他的半張臉。

那是一張艾瑪認得的臉。

「你……」她瞪大了眼睛，聲音顫抖著，「你是布萊克？」

男人聽到這個名字，臉上的笑容瞬間凝固。他亂揮著那把切肉刀，「我不是甚麼布萊克！我……我是倫敦殺人魔！全倫敦都在談論我！」

艾瑪不解。她認得這個人，就是肉舖的老闆，她常常去那裡買肉。為甚麼他會變成這樣？

男人高舉刀，準備將艾瑪的頭顱砍下。

刀落——

一個黑影如鬼魅般出現，將那致命一擊生生停住。

「就係你？開膛手傑克嘅模仿犯。」一個冰冷的聲音響起。

「你是誰！？」男人發現自己的手臂被對方捉住，完全動彈不得。

站在他面前的黑影穿著一件寬大的黑袍，臉上戴著一個面具，只露出一雙眼睛。

「我係邊個？」子晴輕聲反問，聲音中帶著一絲不屑，「一個死人知道咁多做咩？」

一股詭異的黑色氣息從子晴的黑袍衣袖滲出，順著接觸點侵入男人的身體。那不是普通的氣息，而是某種帶著邪異能量的生命氣息。男人的臉上血色盡失，眼中流露出前所未有的恐懼。

「這……這是甚麼東西？你要對我做甚麼？」

「立場一變，你就驚成咁？頭先對住無辜市民揮刀時嘅勇氣去咗邊？」

「放開我！求你放開我！」男人瘋狂掙扎著，但那黑色已經蔓延到他的全身。

下一秒，他的尖叫戛然而止，連同存在感都一起消失在霧中。

子晴整理一下黑袍，正打算離開，卻突然感到一陣劇烈的耳鳴，視野中充斥著詭異的紅色調。

是身份暴露的信號。

子晴警覺地環視四周，難道有人在躲著，看見他了？

「你……你救了我……」一個微弱的聲音從地下傳來，打斷了他的思緒。

子晴低頭看去，原來那個被兇手襲擊的女子艾瑪，還未完全斷氣。

她臉色蒼白，大量失血，但她的眼睛依然睜著，目睹了剛才

發生的一切。

子晴微微皺眉，緩緩蹲下身來，將手輕輕放在女子顫抖的肩膀上。

「你都一齊去啦。」

艾瑪還未理解這句話的含義，那詭異的黑氣已經從子晴的手掌流出。

艾瑪連同地上的血液也一同消失了。

子晴的視線漸漸清晰，紅色的暈影從他眼前褪去。

忽然，煤油燈的光線在公園的草地上四處晃動。

子晴眉頭一皺，知道是巡夜的警察來了，一個縱身躍上旁邊的大樹。

警察們氣喘吁吁地趕到現場，煤油燈的光線繼續在草地上掃來掃去，卻甚麼都找不到。

「奇怪，剛才這裡不是有人說話嗎？」帶頭的警察困惑地摸了摸後腦勺。

「可能聽錯了吧？」另一個警察猶豫著說。

「都怪那個殺人預告！害我神經兮兮的！」

他們當然甚麼都看不到，加害人、受害人都消失了，連地上的血跡也被子晴一併抹除。他們又怎會知道，就在一分鐘前，這裡出現過一個試圖模仿殺人魔的人？又怎會知道，比那模仿犯更可怕的存在，才剛剛離開？

子晴在黑夜的倫敦中穿行，輕盈地躍過一道道磚牆。

確認沒有被跟蹤後，子晴停在一幢破舊公寓的屋頂上，看了看四周，然後一個輕盈的跳躍，落到二樓的窗台上，拉高窗戶，迅速鑽入裡面。

進入後，子晴點了一盞油燈，照亮了這個簡陋的住所。他脫掉剛才不小心染上血的衣服，將其扔進壁爐裡燒掉。

子晴走到牆邊，在牆上用刀劃了一個大交叉。

牆上總共有五個交叉，每一個交叉代表他進入第二局遊戲以來，親手殺掉的殺人案模仿犯。

這時候，英國報紙上還沒出現開膛手傑克的字眼，只是籠統

地稱之為倫敦殺人魔。

要說第一局遊戲裡那具屍體讓這個概念剛剛發芽，那麼接下來這些模仿犯和一具具被開膛破肚的女屍，才會真正讓「開膛手傑克」成形，最後變成那個讓英國人聞之色變、專門殺女人的殺人魔概念。

所以，子晴的策略簡單粗暴：抹除所有模仿犯和屍體的痕跡。

沒人知道，就等於沒發生過。概念就不會發酵。

經過第一局的教訓，他明白了身份暴露的關鍵是「被人發現」。所以這次，他不再藏著掖著自己的能力不用。只要不被發現就好了。就算被發現，只要立刻將發現的人「處理」掉就行。

第二天清晨，子晴一早回到市中心的報社。他這局的身份不是送煤工人，而是在一間蚊型報社工作的記者。

剛坐到座位上，就看見主編山姆從自己的小房間衝出來，神情激動。「所有人過來！立刻！」

子晴放下手中的筆，和其他記者一起圍了過去。

「犯罪預告又寄來了！」山姆興奮地舉起信。

果然。子晴心中微微一笑。他一直在等待這封新的犯罪預告信。

「又來了。」有人無奈搖頭。

「為甚麼我們這間小報社總是收到犯人的預告呢？」

「但這些根本是惡作劇吧，到現在為止連一宗都沒有真正發生過。」

「但大家就是愛看！銷量不會騙人！」

子晴在一旁沒有作聲，只是默默觀察著眾人的反應，順著劇情走下去。

「但我們這樣一直刊登真的沒問題嗎？萬一……我是說萬一，其中有封是真的，我們豈不是眼巴巴看著有人被殺？」

「這些不是我們的責任！」山姆不耐煩地揮揮手，「我只知道我們報社全靠這些犯罪預告信，最近銷量增加了十倍！整整十倍！管他的！就算當真發生了，我們也只是刊登！反而是那些警察沒有去阻止的錯！」

報社裡陷入短暫的沉默，大家都知道山姆說的是事實。在這

個靠聳人聽聞標題吃飯的行業，原本瀕臨破產的小報社逮到這條財路，誰還會真心在乎道德？

「好吧，那這次的犯罪預告又寫甚麼了？」

「我念出來給大家聽聽。」

致偵探們：

您是否想過，我可能並非您想像的那樣？也許我一雙手，比您以為的要纖細許多。

今晚，去看看公園徑的馬廄吧。

我已為她準備好乾淨的稻草，用我的小刀為她洗淨罪孽。

你們大可繼續去找那個不存在的屠夫，而我將繼續以皮膚為畫布，以刀尖為筆。畢竟女人最懂如何欣賞女人美——

您謙卑的

夫人上

信一念完，報社內立馬議論紛紛。

「上次自稱是屠夫，今次自稱是夫人嗎？」

「這麼說來，殺人魔是女人還比較合理。」

「為甚麼這樣說啊？」

「看看第一具屍體那手法，恨到要這樣殺她，八成是情敵。男人下手哪有這麼狠？」

「算了吧！上次那封屠夫信你不也是說一定會發生？結果呢？」

「你別說！今次可能是真的！」

「說真的，這種東西是連警察都不信了，才任著我們刊登。」

「說不定就是寄過去警察局沒人理他，才寄到我們這種小報社。」

「像了像了，笑死我了哈哈哈哈。」

子晴默不作聲地聽著這群人胡侃，心卻很清楚。這些預告信，一封不落都是真的。只不過他把這些模仿犯通通「處理」了，這才讓預告中的血腥情節沒人知道。

有些人對這些預告信已經提不起甚麼勁。子晴在心裡暗自點頭。他很清楚，再過些日子，沒有人會再理這些預告信了。到那時，開膛手傑克的概念就會在尚未完整形成之時便已死亡。

而這，正是他的目的。

「好了，各位！」山姆抬手打斷眾人的議論，臉上忽然露出那種算計已久的奸商笑容，「我知道大家很興奮，但我有個更猛的消息未公佈。」

他神秘兮兮地推出一塊早已準備好的黑板。子晴皺了皺眉，心裡突然冒出一股不好的預感。

「是這樣的！我打算寫一個殺人魔的特刊！」山姆臉上一個神氣活現，「就在今晚晚報出版前，利用我們獨家消息的優勢，寫一本英國最全面分析殺人魔的刊物！」

他得意洋洋地點了點黑板中央的粗標題，旁邊是個戴帽黑衣人的陰森剪影。報社一下子安靜了，所有人都被那幾個醒目的英文字吸了過去。

「Jack the Ripper？」子晴念出聲來，眼睛微微睜大。

「怎麼樣？這名字夠氣勢吧！」山姆拍著黑板，「我想了一星期了！簡單、好記、夠嚇人！」

其他人也紛紛點頭附和，彷彿終於找到了能貼在那神秘殺手身上的完美標籤。

山姆昂著頭，「老是『殺人魔』前『殺人魔』後，太單調了！我們必須想個夠嚇人的名堂，才能襯托出這是英國有史以來最恐怖的殺人狂魔！」

子晴揉了揉太陽穴，雙眉緊鎖。

「咁好似唔係幾好，」他打斷說：「而家都冇再出現新受害者，呢個特刊可能會製造不必要恐慌。」他語氣裡帶著明顯的反對。

平時那些犯罪預告信也就算了，但現在山姆要給殺人魔起名「開膛手傑克」，這不是幫倒忙是甚麼？完全違背了他想阻止這概念形成的目的。

山姆撇撇嘴，一副「你不懂行情」的表情，「這正是我們特刊的厲害之處！我挖到了一堆疑似是開膛手傑克受害者的案子。連警察都沒看出來的關連，我全都看穿了！」

「嗰啲……我覺得唔係開膛手……呃，唔係殺人魔做。」子晴小心選詞，生怕自己會露餡。

「你又知道？」山姆眼睛一瞇，半是好奇半是懷疑，「你收到甚麼消息嗎？」

「我……」子晴噎住了。他總不能說那些真正受害者都被他處理掉了。他急忙轉換思路。「既然你有咁嘅線索，話畀警察知唔好咩？警民合作吖嘛。」

「警察？」山姆嗤笑一聲，「我這特刊裡面的獨家情報，就是在幫他們查出兇手啊。」他眨了眨眼，又補了一句，「順便提升一下銷量，雙贏！」

他湊近子晴，語氣突然強硬起來，「再說了，你不做別人也做。看到今天的太陽報嗎？他們給殺人魔起名叫『倫敦夜行者』，哈哈！爛死了！聽著像是甚麼偷內衣褲的傢伙！我們的『開膛手傑克』可霸氣多了，絕對轟動！難道我們要被那幫傢伙搶了風頭？」

報社其他記者也跟著起哄，對這特刊躍躍欲試。子晴環顧四周，發現就他一個人反對。

「我都係唔贊成。」子晴態度很堅持。

山姆眼底閃過不耐煩，但很快又掛上老狐狸式的笑容。

「好，我尊重你。不想搞特刊，這次可以不參與。」山姆拍拍子晴肩膀，語氣緩和下來，「這樣吧，你去跟進那封最新的犯罪預告。雖然九成不會有甚麼事發生，但總要有人去看看，對吧？」

子晴接過那份犯罪預告信，眼前彷彿出現兩條平行的時間線：

阻止犯罪，還是阻止特刊？

兩件事時間點這麼接近，似乎不是普通的選擇題，而是遊戲逼他二選一。

不去處理預告信中的犯罪，沉寂已久的殺人魔案肯定會炒起熱度，這很可能讓「開膛手傑克」的概念徹底坐實。但要是放任山姆的特刊出版，讓這些假情報和那個名字傳開，後果一樣糟糕……

該如何是好……

夜，落得厚重。

倫敦上流區的風，比東區街頭更加肆無忌憚。它直接從河道席捲而來，帶著寒意。

子晴蹲在馬廄屋頂已經兩個小時了。

算一算，山姆的開膛手傑克特刊此刻應該已經送印了。那本完全是謊言的刊物明天就會傳遍整個倫敦街頭。

但他還是選擇來了這邊。

在這場明確的二選一中，子晴做出了選擇──他放棄阻止山姆的特刊。

開膛手傑克特刊雖然麻煩，但若真有新屍體出現，這才是真正沒有轉彎的餘地。特刊的事，他已經想好了對策。

他從懷中掏出一封信，是今晚出門前寫好的。

這是他的對策，一封匿名舉報信。信中列出了山姆的特刊中的十幾處明顯錯誤和捏造事實。

先讓那本特刊出版，然後讓事實來打它的臉。

風依舊呼嘯，馬廄內的馬匹有點不安分。子晴看了一圈，確認這片區域確實平靜無事，繼續等待預告信的模仿犯現身。

印刷廠裡的機器轟鳴聲逐漸減弱，一切工作已接近尾聲。

山姆滿意地看著最後一批印好的特刊從印刷機上下來，準備運往倫敦各處報販。

「哈，這次保守估計能翻三倍！」山姆揉了揉有些發疲的雙眼，但再辛苦都是值得。

印刷廠老闆走過來，朝山姆點頭致意，「山姆先生，您真是個天才。這個名字，真的會嚇壞整個倫敦。」

山姆拍拍對方的肩膀，「嚇人的東西才賣錢，記住了嗎？」

「哈哈，祝您好運。」印刷廠老闆說完，便轉身去安排最後的收尾工作。

山姆滿足地長舒一口氣，看著工人們將最後幾箱特刊搬上馬車。印刷工作完成了，他的傑作即將傳遍整個倫敦，不，是整個英國。

所有人都會記住「開膛手傑克」這個名字。

他向工人們揮手道別，推開印刷廠大門。這個時間，整條街道已經空無一人，只有他一個孤獨的身影。

倫敦的夜風灌進他的衣領。「早知道就穿多點。」他拉緊風衣，加快腳步。

街角前方，路燈的光暈下，一個身影緩緩走來。距離還有十幾步，但那人的輪廓已清晰可辨。

那是個穿著黑色大衣的男子，戴著禮帽，身形高瘦，黑色的長大衣一直垂到膝蓋。

山姆不由多看了一眼。因為眼前這個人，跟他在特刊上所描繪的開膛手傑克形象很接近。

要不是那個畫像完全是他憑想像創作的，他真會以為眼前這人就是開膛手傑克，從畫中走出來了。

「不可能不可能。」他暗自笑自己神經過敏。

兩人之間的距離越來越近。山姆知道，在倫敦，就算兩個陌生人，最基本的禮節也不能少。

「晚上好啊，」山姆主動打招呼，「夜了，小心安全。」

那個高瘦男子與他擦肩而過，卻回應，「你也是，山姆先生。」

山姆不由己地停住了腳步。

「咦？你認識我嗎？」

那人停住腳步，沒有轉頭，背對山姆。

「畢竟，你是把我創造出來的人，我怎會不知道你是誰呢，山姆先生。」

山姆聽到這話，一時間愣在原地。「我把你創造出來？請問你在說甚麼呢？」他的聲音帶著明顯的困惑。

雖然表面上保持鎮定，但山姆的內心已經開始翻滾。這個陌生人不但知道他名字，還說出了這麼奇怪的話。這不像是普通的巧合或者認錯人那麼簡單。

「請問我認識你嗎？」山姆再次問。

「認識？你當然認識我。」那人還是沒有轉頭。

「抱歉，我真想不起來了。」山姆說是這麼說，但他根本完全對對方沒有印象。對方的聲線這麼特別，聽過一次絕不會忘。

「那我讓你好好看看我是誰。」那人終於轉身，慢慢走向路燈下。昏黃的燈光逐漸照亮他的臉，從陰影中一點點顯露出來。

山羊鬚，有神的雙眼，挺拔的鼻樑，散發著獨特、俊俏而邪魅的氣質。那是一張山姆再熟悉不過的臉，他親手畫出來的臉。

「你……你……」山姆嚇得後退一步，雙腿發軟。怎麼可能？世上怎會有這種巧合？

「看你的反應，已經認出我了吧。」

「這不可能……」山姆艱難地吞了口唾沫。

「我也說不清楚，」那人的語氣突然變得困惑而痛苦，「我只知道睜開眼睛後，從鏡子裡看到自己，然後發現旁邊有份報紙，上面的人跟我長得一模一樣。我真的是個殺人魔嗎？可我根本不想殺人啊！我為甚麼要殺人！」

「先生，聽著，不管你是誰，做這事有甚麼目的，這玩笑開得太過了，請恕我失陪。」

山姆轉身就要離開，那人的聲音又追上來。

「你為甚麼害怕我？」

「你到底想幹嘛！」

「我只想知道，你為甚麼要把我創造成這樣？我腦子裡有太多聲音，我受不了了，你能幫幫我嗎？」

「你瘋了吧！別再跟住我了，不然我可要叫警察！」山姆受夠了，只想快點遠離這瘋子。

「我很痛苦！我很痛苦！」那人抓著自己的臉，跪在地上痛苦地彎著腰。

但山姆只顧逃跑，根本沒搭理他。

山姆一直跑，一直跑，然後兩邊耳朵忽然傳來劇痛。

沒有任何預兆，沒有任何接近的腳步聲。

「怎麼回事？」山姆說話，卻聽不到自己的聲音。

他低頭一看──兩隻耳朵血淋淋躺在地上。

他試圖摸向耳朵應該在的位置，卻只觸到了濕潤的空洞。恐懼瞬間吞噬了他的全部理智。

光線下，那瘋子就站在十步之外，竟然也扯下了自己的耳朵！

「痛苦！痛苦！痛苦！痛苦！痛苦！痛苦！痛苦！痛苦！」開膛手傑克咆哮著，即使扯掉了自己的兩隻耳朵，他仍然抱著頭痛苦掙扎。「聲音還在！為甚麼還在！」

就在山姆驚恐的目光中，開膛手傑克從口袋裡拿出一把手術刀，顫抖著對準了自己的額頭。

「不要……不要！」山姆喊著，某種直覺讓他知道一定要阻止對方這樣做。

下一秒，開膛手傑克刀刃猛地刺穿自己額頭，與此同時，山姆也感到一陣劇痛貫穿腦顱，眼球上翻，倒地。

額頭插著刀的開膛手傑克，詭異的是，意識仍然清醒。腦裡那些雜音，卻消失了一點。

他晃了晃腦袋，眨眨眼，視線重新聚焦，這才發現山姆，他的創造者，竟然倒在了地上。血從山姆缺失的雙耳處湧出，他額頭還有個血洞。山姆眼睛空洞，已經死了。

「山姆先生！」開膛手傑克跑過去，激動地大喊，「到底是誰幹的！」

可空蕩的街道上哪有甚麼人影。

「難道是你自己扯下來的？」開膛手傑克問，聲音中帶著一絲顫抖。

他忽然明白了甚麼事情。

「我明白了……大家也很痛苦吧，跟我一樣痛苦……那些聲音折磨著你，你也承受不了了是嗎？」

開膛手傑克忽然淚流滿面。

「太好了，原來痛苦的不只我一個，太好了。」

開膛手傑克蹲下身來，撿起掉在地上的其中一隻耳朵，用手帕將它包好。他最後看了一眼他的創造者，然後轉身離開了。

子晴還蹲在馬廄屋頂，耐心等待那個可能出現的模仿犯。兩個小時過去，除了偶爾傳來的馬匹嘶鳴，一切平靜如常。

然而，就在這平靜中──

「嗯？」

子晴猛地抬頭，瞳孔驟縮。

遠處，一股令人窒息的恐怖氣息突然爆發，直撲他的感官。

「呢個係……」

不是模仿犯。比那更糟。

子晴的心臟狂跳，汗毛直豎。

他一躍而下，落地無聲。那股氣息來自印刷廠方向。

他沒多想，立刻朝那股氣息方向狂奔。屋頂、圍牆、煙囱，任何障礙物在他眼中都只是踏腳石，心中卻壓抑不住一股極度不祥的預感。

「唔通係……」

不，不可能。

他不敢相信自己的猜測。

轉過街角，印刷廠已在眼前。子晴放慢腳步，警惕地觀察四周。街上空蕩蕩的，只有一盞孤零零的路燈發出微弱的光。

然後他看到了，地上的血跡。

子晴目光順著血跡望去，很快發現了道路上的屍體。

「山姆？」

那確實是山姆的屍體。雙耳被割下，但只有一隻耳朵靜靜躺在血泊旁，另一隻不知去哪了。

子晴握緊拳頭。他可以肯定，剛才感受到的那股氣息，就是來自這裡。來自殺死山姆的兇手。

就在這時，子晴感覺到一絲異常。

天空亮了，不知何時褪去了一絲黑暗。那不是正常的黎明，來得太突然。

子晴眼角餘光捕捉到一個飛速移動的人影，轉瞬即逝。

他眨了眨眼，以為是錯覺。可當他再次看向街道時，驚愕地發現街上竟出現了三三兩兩的行人，明明剛才還空無一人。

「唔好……！」子晴的呼吸急促起來。他熟悉這種現象。

陽光變得刺眼，街上的人影越來越多，速度快得不自然。

「又嚟！點解而家就快轉？！」子晴慌了。這與他的預期完全不同。他連發生甚麼都不知道！

行人在他身邊穿梭，馬車飛速掠過，街上的聲音混雜在一起。

日出，日落。日出，日落。

時間在他眼前加快、壓縮，毫不留情地向前推進。

當世界終於停止快轉，子晴發現自己仍站在同一條街上。

陽光穿透雲層，帶著不尋常的灼熱感。

街上人聲鼎沸，比平時更加喧鬧。每個人手中都拿著那份特刊，談論著同一個名字——

開膛手傑克開膛手傑克開膛手傑克開膛手傑克開膛手傑克開膛手傑克開膛手傑克開膛手傑克開膛手傑克開膛手傑克開膛手傑克開膛手傑克開膛手傑克開膛手傑克開膛手傑克開膛手傑克開膛手傑克。

開膛手傑克這個名字從人們口中飄出，在空中聚集，成形，落地。它們組合成一個高大的人影，落在子晴面前。

子晴的頭瞬間爆發出劇痛。

「你也很痛苦嗎？」那人影用沙啞的聲音問。

所有行人都停住腳步、動作，盯著子晴。

「你係……」子晴強忍痛苦抬頭，心知大事不妙。

「我是開膛手傑克，是大家創造我出來的。」

「冇可能！我明明已經阻止晒所有模仿犯！」

「模仿犯？」人影好像不明白，歪了歪頭，「你搞錯了。我不是某個肉體凡胎的罪犯。我是大家的集體潛意識，我不是真實存在的，但是大家相信我存在，所以我也是真實存在。你明白嗎？我比任何一個實體的兇手都要強大，因為我存在於每個人的恐懼中。」

「啊——」子晴瞬間聽見無數尖叫、哭喊和絕望的悲鳴。他痛得幾乎無法思考，他不知道對方說的是甚麼意思。

人影向前飄動，「我可以幫你解脫。讓你不再聽見這些聲音。」

「去死！」子晴咆哮著衝上前，全身的皮膚在瞬間浮現出那些恐怖刺青。

開膛手傑克只是安祥一笑，隨即被子晴的黑霧呑沒，文字構成的身體在黑暗中分解消散。

子晴喘著粗氣，額頭青筋暴起。但頭痛非但沒減輕，反而更加劇烈。

「我是集體意識的產物，你無法消滅我。」

開膛手傑克的人影重新凝聚，這次更加清晰。黑色大衣垂至膝蓋，帽子壓得極低。

子晴眼神變得更冰冷。黑霧從地面升起，再一次像有生命般朝開膛手傑克湧去。

黑氣翻騰嘶嘶作響，黑氣中偶爾閃現傑克的身影，扭曲變形，卻始終不散。

子晴的心猛地一沉。

黑氣散去，開膛手傑克依然站在原地。

「你到底係乜嘢？」子晴難以置信地盯著眼前這不可能的存在。

「我說過了，我是大家的集體潛意識。」他彎腰拾起一份掉在地上的開膛手傑克特刊，封面正是他現在的樣子。

「你看。」他指著特刊，手指修長蒼白，「這就是我。這些印刷品、這些故事，還有人們口耳相傳的恐懼，它們創造了我。」

「……我明，係我冇阻止嗰份特刊，所以你出現。」

開膛手傑克臉上突然露出一絲近乎慈悲的表情，「看著你這麼痛苦，我很難過。讓我幫你結束這一切吧。」他把手術刀插進自己的太陽穴，動作緩慢而優雅。同時，子晴感到有甚麼冰冷的東西刺進了他的太陽穴。

「啊———」撕心裂肺的悲鳴從喉嚨湧出，子晴雙膝一軟，跪在地上。

建築物融化，街道碎裂，連開膛手傑克的身影也開始分解、融入混沌。

就在他即將完全失去意識的邊緣，一個熟悉的聲音響起了。

「好遺憾，開膛手傑克最後都係成咗形。」那聲音中帶著明顯的惋惜，卻也隱含某種「果然如此」的冷靜。

子晴猛地回神。眼前的街道恢復了原樣。夜色已深，街燈昏黃，街道上所有人、包括開膛手傑克都消失無蹤，彷彿一場噩夢。

街盡頭，一個肥胖高大的身影慢慢走來，即使在昏暗的光線下，子晴也能認出那熟悉的步態。是大寶。他仍穿著那套滑稽可笑的維多利亞時期服裝。

子晴掙扎著站起身，發現太陽穴的疼痛已經消失，但全身仍在顫抖。他疲憊地看向大寶，等待著對方的解釋。

「嘖嘖嘖，睇下你個樣。」大寶搖著頭，一屁股坐在路邊的長椅上，「又輸咗嚊？呢個遊戲，唔用心去思考，係冇辦法過關。」

「你覺得我冇用心思考？」子晴聲音嘶啞，「我已經盡咗全力去阻止模仿犯。呢個遊戲根本由一開始就唔會俾我贏！」

大寶搖了搖頭，「遊戲係可以贏。嗰個二選一嘅選項，如果你揀咗阻止特刊，你已經贏咗。」

「阻止一份 Fake news 有咩用？真正問題係屍體！遊戲第一局，咪都係因為出現屍體先令人恐慌？」

「冇錯，屍體被發現係個問題。」大寶點點頭，眼神卻變得深邃起來，「但你有冇諗過，係咩令開膛手傑克咁令人恐懼？唔單只因為佢殺人，仲因為佢有名。」

「名？」

大寶前傾身體，聲音壓低，「人類最短嘅咒語係乜，你知唔知？」見子晴沉默，他繼續道：「就係『名』。一樣嘢一旦有咗名，佢就開始存在。越多人談論佢，佢就越強大。『名』本身就係咒語，能夠令虛構變成真實。」

「咒語？你用咒語同我解釋點解開膛手傑克會出現？」

「咁換個講法，集體潛意識。」大寶說：「當足夠多嘅人都有住同一個概念，呢個集體心理能量就會影響現實。」

「等等，」子晴突然意識到甚麼，「你頭先講咩話？越多人諗就會成真，咁即係乜嘢都可以憑空造出嚟？」

子晴越想越不對勁，「同埋你點解會知道呢啲嘢？」

大寶沉默了一下。

子晴盯著大寶，突然覺得大寶知道得太多了。他原以為大寶和他一樣都是被 Diana 抓來的，但現在看來根本不是那麼回事。

「其實，呢個唔單只係個遊戲。」大寶完全無視了他的問題，「係想你理解現實世界嘅本質，理解遊戲背後嘅真相。」

「咩真相？」

大寶深吸一口氣，似乎在斟酌用詞。「遊戲出現過嘅嗰啲嘢，今次呢個開膛手傑克，以前遇到嗰啲都市傳說，都係同一樣嘢嚟。」

「同一樣嘢？」

「集體潛意識嘅產物。」大寶轉過頭，「人類嘅恐懼、信仰、執念，凝聚，然後實體化。」

「退一萬步嚟講，既然都係集體潛意識，點解我冇辦法消滅開膛手傑克？」

「喺大家潛意識裡面嘅嘢，你點消滅呢？」大寶聳聳肩，「就算你有 Diana 嘅力量都唔可以。以前你以為消滅咗佢哋，只係遊戲故意令你產生嘅錯覺。」

子晴愣住了。心裡有甚麼東西在翻騰，像是被人狠狠耍了一把。

「你……」子晴聲音有點啞，「你到底係咩人？」

大寶笑得更深了，「你唔係已經有答案喇咩？」

子晴腦中閃過一個被忽視已久的問題，Diana 賦予他的力量，對所有人都有用，唯獨對大寶無用。之前他只當是對方有秘密，沒多問。但現在，這個疑點變得無比刺眼。

「你都係……集體潛意識？」

大寶沒有立即回答，只是那意味深長的眼神已經給出了肯定的答案。

「咁你……點解要同我哋一齊玩遊戲？」

大寶手指在椅子扶手上敲打著節奏，就是不回答。

「咁……Diana……佢……佢係……」

「一種更原始、更古老嘅嘢——」大寶突然答了，「人類最初嘅恐懼同敬畏嘅對象，你哋稱之為神明。」大寶停下敲打節奏的動作，似乎這個問題終於值得他認真回答。

子晴後退了半步，臉色刷白。

「好。」大寶那肥胖的身軀從椅子上一骨碌站了起來，「講返個遊戲。第二局你都係失敗咗，你而家只係剩返最後一次機會。如果你連呢次都輸埋，就算你知道得再多都冇用。」

話音剛落，時間又開始加速流動，日夜急速交替。

「大寶！等陣！」子晴朝著大寶消失的方向大喊，卻只撲了個空。

「豈有此理！」子晴一拳砸在空氣中，「我要解釋！你唔好走住！」

他想起 Diana 那雙異常平靜的眼睛。如果她是神明，那她操控自己是為了甚麼？

快轉驟然停止，眼前的一切靜止了。倫敦的天空變成了紅色，正如之前遊戲中的景象。

腳步聲從後方傳來。

「你痛苦嗎？」一個冰冷的聲音在子晴背後響起，「放心，我會解決你的痛苦。」

遊戲最後一局，開始了。

7
LAST ROUND

血色天空下的最終決戰。

街道兩旁，倫敦市民面無表情站立，注視著這場對決。

「子晴，第三局，即係最後一局，過關條件非常簡單。」大寶的聲音從四面八方傳來，「殺死你面前嘅開膛手傑克。」

人群自動分開。一個穿黑色大衣，戴禮帽的高瘦男子走出。

「我們又見面了。來吧，看你是否能夠阻止已經完全成熟的我。」

「而家唔係你出場嘅時候，同我躝！」子晴怒吼，黑霧翻滾，將開膛手傑克淹沒。

但他心裡已經明白這不會有效了。

「話可不是這麼說，現在是遊戲的第三局，而我是這局的主角。」

果然，開膛手傑克從黑氣中踱步而出，衣服未沾一點黑色。

子晴咬牙，腦子一片混亂。那該死的大寶說到一半就消失了，甚麼「真相」、「集體潛意識」全都未說完。

「好，既然你咁想死，就等我殺咗你先。」

子晴再沒有顧忌。遊戲已經變成了純粹的決戰，而他必須贏！

黑色不祥氣息從子晴衣服縫隙中洶湧而出。

開膛手傑克歪頭，露出憐憫笑容。「我能感受到你非常痛苦，讓我幫你解脫吧。」

子晴黑氣纏住開膛手傑克脖子，猛然收緊！

傑克臉色變紫，明顯窒息。但詭異的是，子晴同時感到自己呼吸困難，彷彿也被纏住脖子一樣。

他完全無法理解發生了甚麼。剛才也是，明明是開膛手傑克用刀插向自己，但子晴卻同步感受到了痛楚。

「太好了，痛苦的不只我一個，原來大家也一樣痛苦。」開膛手傑克即使窒息，臉上依然掛著潮紅的笑容。

「可惡！」子晴被迫鬆開控制，大口喘氣。

開膛手傑克似乎看穿了他所想，「我們比你想像的更加親密，子晴。你的痛，就是我的痛；我的傷，也是你的傷。」

「如果你無法下手──」開膛手傑克的聲音突然在耳後響起，子晴猛然察覺對方已貼近背後，「就讓我來幫你吧。」

寒光閃過，手術刀刺入子晴後肩。

「啊！」子晴痛呼一聲，本能地反應，黑氣瞬間凝聚成尖刺。

「來啊！」開膛手傑克攤開雙手，絲毫不躲不閃。

尖刺在即將刺中開膛手傑克心臟的一刻，子晴突然遲疑了。萬一真的刺穿他心臟，自己也會跟著死去吧？這念頭一閃而過，讓子晴在最後一刻還是微微偏移了方向。

尖刺擦過開膛手傑克的心臟，刺入他的右胸。

同時，子晴右胸滲血，傷口位置與大小和開膛手傑克的完全一樣。

這股劇痛讓他幾乎站立不穩。子晴艱難地抬頭，看著面前依然微笑的開膛手傑克，心中的絕望感越來越重。

傑克不給子晴喘息機會，連刺數下，每一刀都精準無比。

子晴左臂、腹部、大腿接連中刀，每一刀都避開了致命部位，卻造成極大痛楚。

子晴嘗試用黑霧阻擋。這確實起了作用，開膛手傑克的刀鋒在黑霧上劃出幾道無法穿透的痕跡。

但下一幕讓子晴心底發涼，開膛手傑克直接在自己手上用刀亂劃。

子晴手上也被無形刀子刻下相同傷痕。羞辱感比疼痛更難忍——

「豈有此理！」子晴憤怒到極點，衝上前，右拳揮向開膛手傑克下巴。

拳頭結實命中，開膛手傑克頭猛地後仰。子晴自己也被一拳重擊，整個人倒飛數米，重重摔在路邊麵包攤上。

轟隆——！木質攤架瞬間崩碎，麵包四散。

周圍市民如同遊戲背景一樣，無人作出反應。

子晴掙扎著站起，雙腿卻不住顫抖。他每次呼吸都帶著刺痛，但他知道，要是他倒下，遊戲就結束了。

「大家能感受彼此的痛苦，多美好。」開膛手傑克話語輕柔卻令人毛骨悚然，「世界上再無孤獨之苦……」

子晴拼死撲去開膛手傑克。「去死，死癲佬！」

開膛手傑克冷靜地把兩隻手掌放在耳後。「首先是隔除所有有害的說話。」他語氣平靜得可怕，「這個世界有太多傷害人的言語，唯有捨棄聽覺，才能解脫。」

瞬間，開膛手傑克徒手撕下左耳！鮮血飛濺，臉上卻是癲狂喜悅。

子晴左耳同時被撕落，使得他整個人都瘋了，捂住頭部左邊的空洞，痛得咬牙切齒。

「很痛，對吧？」開膛手傑克輕聲說：「但這種痛，還遠遠不及那些惡毒言語對靈魂的傷害。肉體的疼痛終有盡頭，而言語的痛，卻能永遠傷害你的心。」

子晴抬頭，恐懼地看著開膛手傑克準備撕下右耳。

黑霧怪動，瞬間捆住開膛手傑克手腕，止住他的自殘。黑霧再迅速蔓延，包裹他全身，只留一張臉在外。

開膛手傑克被黑霧捆綁，卻毫無掙扎的意圖。

「沒用的，」他平靜地說：「就算你讓我無法動彈，你還是無法消滅我。因為我是大家的潛意識，是人類心底的恐懼具象化。」

話音未落，子晴背部驟痛！

他轉頭，身後不知何時站著一個披著黑色大衣的女人。她冷峻面容，手握血刀。

「我說了，我是大家的集體潛意識，」原開膛手傑克、戴禮帽的傑克發出笑聲，「開膛手傑克的概念是唯一的，但想像的形象可以不只一種。」

黑衣女人開口，聲音跟禮帽傑克一模一樣，「有人認為開膛手傑克是女人，所以我也可以是女人。」說完，狠拔背上之刀。

疼痛未消，又一刀劃過子晴手臂！血花四濺！

矮小男人不知何時現身，手持屠刀，面無表情。

「你覺得開膛手傑克有多少個形象？」矮小男人歪著頭問：「女人？屠夫？醫生？王室成員？只要人們相信，那麼就會存在。」

突然！小腿被重踢，子晴狼狽摔地。

「不就是嗎？我們所有人都是開膛手傑克。」一個穿著貴族服飾的男人俯視著子晴，優雅地整理手套，「因為恐懼存在於每個人心中，只是形式不同罷了。」

原本束縛著禮帽傑克的黑霧忽然散開。恢復自由的他，拿著手術刀走向子晴。

「現在是時候給你最後的救贖了，痛苦會短暫，而救贖是永恆的。」

禮帽傑克把手術刀對準自己的心臟，而非子晴。

「不用感到寂寞，」他微笑著說，「因為我們所有人都會感受到你的痛苦。」

子晴吐血。張口，又被自己的血噎到。

兩局，已經連續輸了兩局。第三局，眼看也要輸了。

子晴恍惚間想起自己為何會在這個鬼遊戲裡──對了，因為他殺人了。

他違反了遊戲規則，作為懲罰，他被丟進這個特別的遊戲裡。

子晴的大腦在劇痛中反而變得異常清醒。可這真的是懲罰嗎……？

子晴瞇起雙眼，盯著眼前那四個傑克。四張截然不同的臉，卻透著同一種病態的慈悲。

「點解要話畀我知咩係集體潛意識？」子晴心裡嘀咕，「點解贏咗反而可以決定遊戲命運？呢個根本唔係懲罰，而係獎勵。」

雖然，以目前的情況看，他也不會贏就是了。

眼前的開膛手傑克已經無法阻擋。他不是一個人，而是集體潛意識，活在所有人的心裡。要消滅他，就必須消滅大家心中的恐懼。

但怎麼消滅？這根本不可能做到。

所以，遊戲其實在第二局已經結束了。第三局，從一開始就是場必輸的戰鬥。

子晴記得大寶說過，第三局要贏不是沒辦法，只是代價很大。

到底要付出甚麼代價，才能消滅大家心中的恐懼？

他目光渙散地掃視著周圍，那些木偶般的市民，那些事不關己的傀儡，那些……人。

子晴眼神慢慢凝固了。

不是頓悟，是徹骨寒意，如同窺見不該見的真相。時間靜止，世界無聲，只有一個念頭在腦海擴散。

子晴慢慢站起，動作流暢得不像滿身傷的人。他走向最近的一個路人，那人望著遠方，眼神空洞。

子晴彎腰拾起地上的碎木條，毫不猶豫地刺進那人的喉嚨。鮮血噴濺，那人倒下時，眼中甚至沒有驚恐。

「你在做甚麼？」禮帽傑克第一次露出困惑表情。

「消滅恐懼太難，」子晴聲音冰冷，「但消滅人好容易。冇人就冇恐懼。」

禮帽傑克露出複雜的表情，好像無法理解這句說話。

子晴所過之處，市民一個接一個倒下。

市民終於有反應了，他們開始逃跑，終於出現活人應有的恐懼。

「救命！救命啊！」

那四個開膛手傑克的身影開始不穩定，像信號不良一樣。

女性傑克第一個察覺到不對，她捂胸，一臉驚恐，纖細的手指陷入自己半透明的身體。「不可能……為甚麼會這樣？」

子晴踏過一具具屍體，走向正後退的女性傑克，「你仲唔明？集體潛意識只存在喺大家心裡面。大家一死，你哋就會消失。」

隨著每一具新的屍體倒下，這個世界的真相變得越明顯。

「消失？我會消失？」貴族傑克不敢相信地看著自己消失的手掌。

「撐不住了！」屠夫傑克低吼。

倫敦街頭已成煉獄，市民的尖叫聲不曾停止過。

開膛手傑克的存在變得更加動搖。女性傑克是第一個消失的。

「這是瘋狂！」她最後的聲音在空中迴蕩，「你無法殺光所有人！」

「我唔需要殺晒所有人，只需要殺晒所有懼怕開膛手傑克嘅人。」

一座大樓突然轟然倒下，壓死了一大群逃竄的人群。

屠夫傑克、貴族傑克相繼消失。

最終，只剩下最初的那個──禮帽傑克。他跪在滿地屍體的街道上，眼神中竟帶著一絲欣賞。「你才是真正的魔鬼，為了贏得遊戲，你不惜屠殺無辜。」

「遊戲？唔再係咩感受痛苦之類嘅角色扮演對白？」

禮帽傑克仰頭望向子晴，眼中閃爍著某種難以名狀的期待，「繼續做完你要做的事情吧。」

一股前所未有的殺戮慾望在子晴體內沸騰。

落單的男子試圖躲進小巷，但已經太遲了。

黑霧竄出，纏住男子的雙腿，將他拖向子晴。

「求、求你……」

男子眼中，純粹恐懼中透著生存的渴望。子晴心中閃過模糊記憶，那個幾乎被遺忘的感覺。

黑霧在他手臂上游移不定，似乎感受到了主人的猶豫。

「我們沒做錯事……只是相信了開膛手傑克……」男子哀求道。

子晴低頭看著自己沾滿鮮血的手，又看了看男子絕望的眼神，一瞬間，某種類似人性的東西在他心中浮現。

但那感覺轉瞬即逝。

子晴的眼神再次冰冷。

「所有相信開膛手傑克嘅人都要死，就正如所有參加遊戲嘅人都要死一樣。」他對自己說。

子晴的手刺入男子的胸膛。鮮血濺在子晴臉上。

男子倒下的同時，暗紅色血液順著地面的紋路蔓延開來，在昏黃的路燈下詭異流動，竟漸漸形成一個似笑非笑的魔鬼笑臉。

「你知道嘛？你從來都唔係同我對抗……」

禮帽傑克的聲音突然從背後響起。周圍其他的傑克都已消散無形，唯獨這個戴著禮帽的傑克，不知何時已從地上站起。

「你一直都喚醒緊真正嘅自己。」

子晴轉頭，突然感到一陣天旋地轉，無法控制地跪倒在地。

「……咩……事？」子晴聲音沙啞，他能感覺到體內的力量，正在掙脫束縛。

「你所有嘅痛苦、憤怒同恐懼，都係為咗呢一刻。」禮帽傑克的聲音漸變，音調升高，竟然成了 Diana 的聲音，「接納佢……」

「Diana……？」子晴好像聽見 Diana 的聲音，但他視線和意識也一同模糊了。

「係我，子晴，但亦都唔只係我。」那聲音既是 Diana 又不完全是，「我一直喺你身體裡面，等緊你真正解放嘅一刻。」

禮帽傑克的最後一絲存在消失。籠罩倫敦的紅霧開始退散，但更加濃重的黑暗氣息從子晴體內源源不斷地湧出。

子晴似乎聽到了一個聲音，卻不是通過耳朵，而是直接在他的血液中、骨髓裡、細胞內部震動——

我是甚麼？

我的存在跟人類一樣古老。

我本來只是一種原始惡慾，我是所有人類黑暗想法的聚集。

無數歲月以來，我躲在人類的陰影。我想理解人類，想知道孕育我的惡意，是如何誕生。為何人類會生出如此多的惡念？又為何這些惡念能夠滋生出我這樣的存在？

那天，在一個被歷史遺忘的村子。

村子在山上，與世隔絕，人們靠著狩獵為生。在這樣一個地方，有個十歲的男孩，名叫阿姆。

阿姆和他的五歲妹妹阿妮，自從父母在一場怪病中喪生後，就相依為命。

部落中有個惡霸少年巴爾，他父親是村長。巴爾經常欺負阿姆和妹妹阿妮。

那天，巴爾和他的朋友們攔住了從河邊取水回來的阿妮，想搶走她脖子上唯一的飾物——她母親留下的石頭吊墜。阿妮死命護著，被推倒在地，哭喊著哥哥的名字。

阿姆聽到妹妹的哭聲趕來，看到巴爾正抓著阿妮的髮辮。一種從未有過的憤怒在阿姆體內爆發，他撿起路邊的一塊尖石，衝向巴爾。

在那一刻，我被他靈魂中迸發的強烈情感吸引。

巴爾倒在地上抽搐了幾下，便不動了。他的小跟班驚恐逃散，只留下阿姆呆立在原地，手中還緊握著沾血的石頭。

阿姆無法動彈，他陷入了一種恍惚狀態。他知道自己闖了大禍，一旦村長發現兒子被殺，他和妹妹都會被村民殺掉拿去獻祭。

就在這危急關頭，我靠近了他。

「你……你是甚麼東西？」阿姆驚恐地問，下意識地把妹妹護在身後。

「我是大家的惡。」我的聲音直接在他腦海中響起。

阿姆的眼睛睜大了，「惡是……魔鬼嗎？」

「惡不是魔鬼。惡是人類為了生存下去，而擁有的力量。」

「我不明白……」

「你不用立刻明白。如果你讓我幫你，你和妹妹就能活下去。」

「你想要甚麼？」

「我想住在你身體。我想理解人類，作為回報，我會給你力量保護你珍愛的一切。」

遠處，已經有人發現了異常，呼喊聲越來越近。

「我答應你。但你必須保證阿妮的安全。」

「我保證。」

就在村民們趕到現場的前一刻，我開始融入阿姆的身體。黑色的煙霧纏繞著他，滲入他全身的毛孔。

村民們目睹了這一幕，恐懼地後退。有人喊著「魔鬼」，有人高舉著武器。

阿姆的眼白慢慢變成了黑色。

巴爾的屍體倒在地上，一個婦人跪在屍體旁大哭，那是巴爾的母親。他父親、村長格魯則站在一旁，喪子之痛和怒火在他身上，隨時可能爆發。

「那是魔鬼！」老祭司顫抖的手指著阿姆，「我看見了！黑煙進入了他的身體！他非人類，是魔鬼！」

「他殺了巴爾！」有人在人群中大喊，「我親眼看見他用石頭割開了巴爾的喉嚨！」

「不只如此，」另一個部落成員唯恐不亂，「上個月失蹤的孩子，會不會也是他……」

村長格魯舉起手，人群立刻安靜下來。他慢慢走向阿姆，眼中閃爍冷酷。

「我曾給你住處，給你食物，沒想到你竟然勾結了魔鬼，殺害了我的兒子。」

阿姆感到體內有股陌生的力量。他視線變得異常清晰，能看到每個村民臉上的細微表情，聽到他們急促的心跳聲。

「巴爾是我殺的，我願意受罰，但請你們放過我妹妹。她甚麼都不知道。」

「萬萬不可！」老祭司激動大喊，「這對兄妹流著同樣的魔鬼血液！魔鬼的後裔必須斬草除根！否則他們將帶來更大的災難！」

「沒錯！」格魯臉色陰沉，「抓住他們！不能讓這對魔鬼兄妹繼續作惡！」

村民們手持石斧、木矛，開始向阿姆和阿妮逼近。阿姆感到妹妹緊緊抓住他的獸皮衣，小小的身體因恐懼而顫抖。

「為了村子的安寧！」格魯高聲宣佈。

人群爆發出如野獸般的吼聲，幾個強壯的獵人趁機撲上前。阿姆被三個大漢按在地上，而另外兩個村民一把抓住了阿妮，把她從阿姆身邊拉開。

「不要！放開她！」阿姆拼命掙扎。

阿妮被拖到人群中央，她驚恐地哭喊著。

「為甚麼！」阿姆嘶吼著，「我妹妹是無辜的！她甚麼都沒做！」

格魯踱步上前，一腳踹在阿姆肚子上。阿姆痛得蜷縮成一團。

「無辜？」格魯冷笑一聲，「你會殺人，你妹妹也流著一樣會殺人的血！」

一個獵人抽出骨刀，走向被按在地上的阿妮。小女孩嚇得瑟瑟發抖，望向哥哥。

阿姆眼睜睜看著獵人高舉骨刀，整個人都空白了。他使盡全身力氣掙扎，卻無濟於事。

「你想救她嗎？」我問阿姆。

「想。」他說。

「保護自己最愛的人，有時必須犯惡。你體內有這樣的力量，只要你願意使用它。」

「告訴我要怎樣做。」

「擁抱你內心的惡，讓它成為你的武器。」我回答。

阿姆怒吼，震顫整個山谷。

抓住阿妮的村民忽然離地升起，然後頭向地，重摔在地上，當場斃命。

村民們愣住了，但很快，格魯揮舞著手臂嘶吼，「他真的是魔鬼！殺了他！」

他們一擁而上。

接下來發生的一切，只能用屠殺來形容。

第一個衝上來的村民，突然變成一灘鋪展在地的血肉殘渣。

另一個舉著石斧的壯漢剛揮動武器，脖子就詭異地扭動了一百八十度。

一個人試圖從側面偷襲，卻身軀瞬間脹大，爆體而亡。

村民們的屍體在地上堆積，鮮血染紅了每吋泥土。

阿姆的眼中沒有憐憫，沒有猶豫，他只想保護妹妹。

不到半晌，村裡的人全部倒在了血泊中。唯一還活著的，只有村長格魯。

他雙腿已經軟了，踉蹌著後退，最終跌坐在兒子巴爾的屍體旁。

「魔鬼大人……是我冒犯了你……求你饒命……」格魯顫抖著哀求。

阿姆慢慢走近，黑色的紋路在他皮膚上泛著詭異的光澤。

「對不起，格魯村長。如果讓你活著，你一定會把今天的事說出去。」

「不會……絕對不會！」格魯大力搖頭，「我發誓我不會說出去！求求你相信我！」

阿姆略微歪頭，似乎在認真考慮他的話。「你確定你絕對不會說出去？」

「確定！我向山神發誓，絕對不會向任何人透露今天的事！」

「很好。」阿姆忽然笑了，伸出了手。

格魯眼睛瞪得溜圓，還沒反應過來，一道黑光已經穿透了他的眉心。他身體僵了一下，撲通一聲倒在地上。

「我答應了你的請求。」阿姆平靜地說：「只有死人才絕對不會說出去。」

他轉身看向妹妹阿妮。

「阿妮。」他伸出手，聲音恢復了一些人類的溫度。

那小女孩毫不猶豫地走向哥哥，踩著滿地的血水和屍體，好像那些只是普通的水坑和樹葉。

阿姆從地上拾起那塊沾著血的石頭吊墜，重新繫在妹妹的脖子上。

「媽媽的吊墜回來了！」阿妮摸著脖子上的石頭，開心地笑了。

「嗯，誰也別想再搶走它。」阿姆站起身，牽起妹妹的小手。

「現在去哪裡？」她眼神好像問。

阿姆目光穿過山頭，望向外面廣闊的天空。

「去任何我們想去的地方，」阿姆説：「世界很大，而我們的時間很多。」

兄妹倆手牽手，漸行漸遠。他們身後，山體突然震動，將這個罪惡的村莊與所有證據一起埋葬在泥土下。

我見證了他們的一生。當阿姆因年老而閉上雙眼的那一刻，我離開了他的身體。

短短幾十年時光，雖然不算長，但也足夠讓我漸漸理解人類。

離開阿姆的身體後，人類文明繼續發展。人們使用的工具進步了，人口多了，我感覺我自己也在不斷壯大。

我忽然明白了。人越多，惡念越盛。而我，正是人類的惡念凝聚的存在。

所以我要將力量借給那些能夠讓人類繁衍壯大的人類。

萊恩王國是中世紀歐洲的小國。國王約瑟夫三世現在二十七

歲，在位已經十年。

那個晚上，星光暗淡。約瑟夫獨自站在王宮塔樓頂，凝視著黑夜。就在那一刻，我感受到了他內心那股翻騰的惡念。

「不滅了他們，王國會滅亡。」他低語。

我好奇地靠近了他，想知道那惡念從何而來。

原來，萊恩王國的東邊長年被侵擾。襲擊者來自東部山區的維茲族，一群以掠奪為生的蠻族。

萊恩歷任國王都曾派兵，都曾取得短暫勝利，可幾年過去，維茲族總會捲土而來。這群蠻族佔據了通往東方糧食大國的唯一條路，王國年年缺糧，國民生活非常困苦。

約瑟夫做出了決定。維茲族的掠奪已經持續數代，他們未開化、不講道理，不能用文明手段解決。

「總以為殺死他們的戰士就夠了，」約瑟夫的聲音中帶著一絲顫抖，「可維茲族的繁殖力簡直不可理喻，就算只留下一個男人和女人，十幾年後，又變回當初的規模。」

唯一能徹底解決這個威脅的方法，就是永久地消除它。不只要擊潰他們的戰士，而是徹底消滅整個維茲族，包括老人、婦女和孩子。這就是約瑟夫心中的惡念，如此直接，如此純粹，如此令人戰慄。

突然，約瑟夫警覺地轉身，望向我潛伏的位置。

「誰在這裡？」他的手已按在劍柄上。

我沒有回應，只是靜靜觀察。這位國王的感知十分敏銳。

就在這劍拔弩張的時刻，一個信使急匆匆跑上塔樓。

「陛下！維茲族又越過了東部，他們屠殺了一個村莊，連嬰兒都不放過！」

約瑟夫臉色瞬間鐵青，拳頭猛然緊握。

「為了王國，我必須這麼做。就算這會令我死後下地獄。」

就在那一刻，我感受到了。一個請求，一股渴求力量的深沉意念。我開始融入約瑟夫的身體。不像阿姆那樣猛烈的反應，沒有外在的黑霧或刺青，只有約瑟夫眼睛深處的顏色變得更黑。

次日清晨，約瑟夫國王親自帶著士兵迎戰維茲族，將入侵的維茲族打回去。

士兵歡呼雀躍，這次勝得比以往都快，都乾脆。

看起來，這次反擊與歷代國王的做法並無二致，打退敵人，聲稱勝利，然後撤軍回城，又再等待下一次入侵。

但約瑟夫知道，今次不一樣了。

入夜後，駐紮在東部邊境的士兵仍未撤回王國。篝火映照下，約瑟夫召集了十位最信任的王國騎士，約瑟夫坦白了自己的想法，一個在上帝眼中絕不可饒恕的罪行。

騎士們震驚地看著他。

「陛下……」騎士長終於開口，「你這是要……滅族……」

「我知道，但為了萊恩，為了我們的子孫後代，這是必須負的罪孽。」

「陛下，若您決意如此，請帶上我。」騎士長很清楚這意味著甚麼，靈魂永世不得超生，墮入地獄最深處。

話音未落，其餘九位騎士紛紛效仿，劍尖刺入泥土，單膝跪地。

約瑟夫緩緩搖頭，「不，我忠心的騎士們。這罪孽由我一人擔足夠了。」他環視眾人，「上帝不會原諒我，但你們永遠是聖潔的騎士，是萊恩的守護者。」

他下令所有人留在駐紮地，不得跟隨，違令者以叛國罪處置。

天還未亮，營地外只有一道孤寂的身影。約瑟夫跨上戰馬，消失在通往維茲族領地的山道上。

他獨自站在俯瞰維茲族主營的山頂，俯視下方毫無防備的部落。炊煙裊裊，孩童嬉戲的聲音隱約可聞。

約瑟夫閉上眼，深吸了一口氣，感受著我的力量在他體內活動。這是他從未向任何人提過的秘密。

他伸出雙手，黑色的能量開始從他的指尖流出，順著山坡緩緩流淌，籠罩了整個營地。它滲入每一個棚屋，每一個角落。沒有尖叫，沒有反抗，只有生命被靜靜抽走。

約瑟夫站在山頂，目睹了一切。他手在抖，但他知道這還遠遠沒完。

維茲族聰明狡猾，從不將全族人聚集在一處。山上還散佈著大大小小十幾個聚居點，若有一處遺漏，就會前功盡廢。

接下來的三天，約瑟夫騎著馬，尋找每一個隱藏的維茲族聚落。每到一處，他都會爬上最高處，俯瞰下方，然後釋放那黑霧。

每完成一次屠殺，約瑟夫的臉上就多一分蒼白，眼中的光芒就暗淡一分。

到第三天結束時，維茲族血脈徹底從這個世界上消失了。

黑霧清理了所有維茲族活過的痕跡，在王國的記載中，維茲族因一場突如其來的瘟疫而滅絕，王國軍隊前往救援，卻為時已晚。

四十年如白駒過隙。

約瑟夫如今已是白髮蒼蒼的老人。

他的統治被譽為萊恩王國的黃金時代。維茲族的威脅終於消除，大國的貿易車隊日夜穿越山口，常鬧饑荒的萊恩，如今子民豐衣足食，人口翻了幾倍。

在他六十七歲生日那天，約瑟夫靜靜地坐在窗前，望著遠方的山脈，那個曾經是維茲族家園的地方，現在那裡已是萊恩王國最富饒的礦產地。

「謝謝你。」他對著空氣說，彷彿在對我說話，「我知道你一直都在。」

那晚，約瑟夫平靜地睡去，再也沒有醒來。醫生說他是壽終正寢，安詳離世。

當他靈魂離開身體的那一刻，我也慢慢從他體內抽離。

約瑟夫的離去讓我直面另一個存在。它無處不在，在人類文明的每一處，像我一樣。我們從未真正見面，卻始終能知道彼此的存在。

當我強大時，它便變弱；當我變弱時，它便強大。

用最直白的話說，它就是我的天敵。對方同樣是人類集體意志凝聚，名為「善」。

我們的對立關係，從一開始便存在。善與我的差異在於，善希望消除世上一切惡。而我只是希望人類能夠繁衍，保留惡的成分。

這種差異關乎人類的未來。

因為惡與恐懼一樣，無法被真正消滅。惡是人類集體潛意識的產物，只要人類存在，惡便會以各種形式存在。善若想徹底消滅惡，唯一的方法就是消滅所有人類。

人類滅絕，我也將消失。這是無法接受的結果。

單憑我自己，無法阻止「善」，我必須找到一個人類，將全部力量託付給他。

經過漫長的觀察，我意識到隨機尋找合適的人效率不高。許多惡的個體缺乏我最需要的特質——為所愛之人而甘願成為惡。

約瑟夫三世是個完美的宿主，他用四十年的時間證明了這點，但尋找下一個宿主不能再靠運氣。

於是我創造了一個遊戲。

以「願望」作獎勵，吸引所有潛在宿主聚集在一起。在這裡，他們會暴露本性。願意為他人犧牲，同時又能做出殘酷決定的人，會成為我下一個宿主。

今次遊戲也選在了香港這個地方。

這個城市特別之處，在於惡的濃度很高。人們似乎為了生存，早已習慣了惡。

一個地方的都市傳說，是當地的集體恐懼，流傳下來的，往往是當地人最害怕的故事。

就像一種恐懼的最大公因數，這些候選宿主們，很快就會在這些恐懼中潰不成軍，露出最真實的一面。

候選宿主之一，子晴，和十一歲的姊姊子凜被困在這個陌生的山谷裡，周圍還有其他二十個都是那輛失控巴士的倖存者。他們有人驚慌，有人淡定；有人想打 999，但很顯然，這裡收不到信號。

「家姐，爹哋同媽咪呢？」子晴抓著姊姊子凜的衣角。

「子晴乖，爹哋媽咪去咗買嘢飲，好快會返嚟搵我哋。」子凜摸了摸子晴的頭，臉上勉強掛著微笑。

「歡迎參與都市傳說體驗遊戲，」我說：「喺你哋之間，有一個唔係人類，係屯門公路死去嘅冤魂假冒。搵佢出嚟並殺死佢，否則一小時後，你哋全部人都會死亡。計時開始，祝你哋好運。」

「邊個？邊個講緊嘢？」一個穿破洞牛仔褲的男子轉頭四處張望，「出嚟！同我出嚟！」

有人意識到不對勁。剛才他們明明在一個白色小房間，怎麼突然就上了巴士，還衝到這個山谷裡？

「冇可能！我頭先明明喺旺角，點解會嚟咗屯門公路！」

「我哋死梗喇今次……」一個年輕男子癱坐在地上。

巴士車頭撞得面目全非，司機的腦袋砸在軚盤上，頭骨都塌陷了。

「可能係電視台真人 Show？」

「一定係！」一個師奶打扮的人強撐著說：「啲血都係假嘅！你哋係邊個電視台呀？我要投訴你哋呀！」

這時，人們發現一個年輕女人倒在地上，脖子的大動脈被切斷。

「啊──！」有人尖叫。

有人蹲下身，看了看女人的眼睛。瞳孔完全沒有焦距，眼神

空洞。

「我頭先先同佢講過嘢⋯⋯」有人認出了死者，聲音發抖，「佢問我有冇水，我話冇，冇幾分鐘前嘅事⋯⋯」

人群看著說話的人，每個人都在消化這個可怕的事實：真的有人死了。

「開始咗⋯⋯」一個穿西裝的男人低聲說，很冷靜，我記得他已經不是第一次參加遊戲，「冤魂已經開始殺人。」

恐慌迅速擴散。人們開始互相指責，互相懷疑。

「你睇下佢成手血！」人群中，嚇得已經臉都發青的師奶突然指著旁邊一個滿臉痘疤的男子。

被點名的男子立刻反駁，「我頭先一直幫人急救，梗係成手血啦！」

「等陣先，係邊個第一個發現屍體？」

「吓？唔係我做㗎喎，我發誓我掂都冇掂過佢！」

沒有證據，沒有邏輯，只有純粹的恐懼和生存本能。一個被多人懷疑的鬍子大叔成了眾矢之的，從語言攻擊到推撞，再到有人拿起了地上的石頭——

「停手！你哋係咪傻咗？冇證據點可以亂打人？」有人試圖阻止，但為時已晚。

鬍子大叔倒在血泊中，頭部被重擊多次，已經死了。

「都係你，邊個叫你咁重手！」最先動手的光頭男推了一把旁邊的文青男。

「你而家賴我？你唔嘟手先大家點會跟住打？」文青男不甘示弱地吼回去。

「咁都係你用石頭打佢先會死！」

「明明係你！」

混亂再次爆發，但這次是為了推卸責任。

子晴和子凜被人群擠到角落，恐懼地看著成年人的暴行。

十分鐘內，又有四人被懷疑並殺害。血腥場面讓子晴不斷顫抖，子凜緊緊摟住子晴，但她自己也在不停顫抖。

「點會咁？」一個臉上濺滿血跡的男人半跪在地上，喘著粗氣說：「點解遊戲仲計緊時？」

「除非……」痘疤男眼神空洞，「我哋頭先殺嘅人，冇一個係真冤魂。」

場面一片死寂。所有人突然意識到自己犯下了多麼可怕的錯誤。

「仲有三十分鐘。」人群中有人看了看天空上詭異的倒時器，顫抖著說：「再搵唔到真嘅冤魂，我哋全部都會死。」

眾人你眼望我眼，彷彿每個人都可能是那個隱藏的「冤魂」。

就在這時，文青男突然指向子凜，「點解細路會識人嚟玩？冇人覺得奇怪嘿咩？」

所有人的目光瞬間集中在子凜身上。

「唔……唔係，」子凜結結巴巴地說：「我哋同爹哋媽咪一齊嚟……」

「咁佢哋喺邊？」

子凜感到一陣窒息般的恐慌。她看向子晴，發覺子晴也正用驚恐的眼神看著自己。她不能說出真相，絕對不能說出爸媽早在巴士衝下山坡時就已經死了。

「佢哋咁啱行開咗。」子凜吞了口唾沫。

「你講大話！」有個女人怒吼，「而家咁嘅情況邊有父母會掉低兩個細路走咗去？！」

「肯定係冤魂扮成細路，等我哋落唔到手。」

子凜慌忙搖頭，眼淚已經在眼眶裡打轉，「真係唔係！我哋只係普通細路！唔係咩冤魂！」

但沒有人聽她解釋。

「唔好咁多廢話！都唔差在殺多兩件啦！」有人大喊，「冇時間喇！」

子晴絕望地看著瘋狂的人群朝姊姊逼近。子凜被推倒在地，一個有紋身的男人掐住了她的脖子。

「你哋想對家姐做咩！」子晴嚷著，試圖撲向前，但被另一個女人輕易推開。

「你同我老老實實，細路，」女人冷冷地俯視他，「你都好可疑，一陣就到你。」

子晴看著姊姊被幾個成年人按在地上，有人拿出了隨身攜帶的小刀。子凜恐懼的眼神對上了子晴的，淚水順著她的臉頰滑落。

「嗚……家姐……嗚嗚……」子晴哭喊著。

子晴腦子一片空白，肚子裡像有一把火在燒。姊姊平時最疼他，現在卻被壞人按在地上。子晴咬緊牙，小拳頭攥得死死的，眼淚嘩啦啦往下掉。

「打死你哋！」子晴心裡只有這個念頭，「你哋全部都係壞人！」

就在那一刻，我靠近了他。

我感受到了那顆幼小靈魂，它散發著純粹的惡念，亂七八糟卻又異常明亮。這種簡單直接的情感，不為自己，只為了心愛的姊姊，正是我最需要的。

「殺死佢哋！」我聽見他在內心喊著，「殺死所有蝦家姐嘅人！」

我感到一陣愉悦的顫慄。眾多候選宿主中，這個孩子的靈魂與我的共鳴最強烈。他不但接受了我，甚至在主動引導我。

子晴慢慢站起來，眼中的棕色逐漸被純粹的黑色吞噬。一層黑霧從他的皮膚毛孔滲出。

男人的刀距離子凜的喉嚨只有幾厘米，子凜瞳孔緊縮，時間在這一刻停了般。

然後，變故陡生。

一股無形的力量，將那持刀男人整個人掀飛，重砸在十米外的岩石上。當場死亡。

所有人震驚地轉身，看見「站」在那裡的子晴。

子晴雙腳離地半呎，濃稠的黑霧包裹住他全身。

「你哋——蝦——家姐。」黑霧中傳出不屬於他的聲音。

「個細路果然係冤魂！」有人尖叫。

人群再次陷入恐慌，有人朝黑霧瘋狂扔石頭。

「唔好走！一齊上！」光頭男大吼著，鼓動剩下的人，「冤魂只係個細路，但係我哋有咁多人！」

可惜，這成了他人生中的最後一句話。

數十條黑色觸鬚從霧中伸出，同一時間地，抽斷了那光頭男的腰，刺穿了一個女人的胸，再繞住想逃的文青男的頸，一擰，頭顱飛出。

尖叫聲在山谷中迴盪，但很快，尖叫聲越來越少。

最後，只剩下子凜瘦小的身體蜷縮在角落，雙手抱頭，渾身顫抖。她不敢看地上的屍體，只能睜大了雙眼，驚恐地望著空中的「子晴」。

「子晴……我係家姐……」她的聲音很小，卻也足夠讓那團黑霧聽見。

濃稠的黑暗漸漸散去，露出裡面的子晴。

他雙腳慢慢落地，站在血泊中，看上去卻異常平靜。

子凜小心翼翼地向子晴走去，眼中充滿困惑和不安。

就在這時，一根鐵支突然從地上某具屍體旁飛出，直奔子凜而去。沒人看清是甚麼東西發出的攻擊，一切發生得太快。

子晴幾乎是本能地撲向姊姊，將她推開。

「唔好呀！」子晴大喊。

兩個孩子同時倒地，但鐵支已經完成了它的使命。

鐵支穿透了子晴的胸膛，尖端從他的背部透出，又刺入了子凜的胸口，不過傷口較淺。

「噗——」子晴口中噴出一口鮮血。

子凜掙扎著爬起來，顫抖的手捂著自己的傷口。但那點疼痛根本不值一提。她慢慢地爬到子晴身邊。

「子晴！唔好！求下你唔好！」子凜哭喊著，看著子晴胸前迅速擴散的血跡。

子晴躺在泥土上，呼吸越來越艱難。他看著姊姊，眼中閃爍著痛苦。

「家姐……你受咗傷……」他虛弱地說。

「最衰都係我……最衰都係我……」子凜喃喃自語，神情恍惚，像是已經瀕臨崩潰的邊緣。

子晴眼睛半睜著，瞳孔逐漸放大，像望見了死亡。

我感受到子晴的生命即將到盡頭了。

我本來該離開了。無論他多麼符合我的需求，多麼適合當我的容器，生命流逝就意味著我必須尋找下一個人類。

但這一次，有甚麼不同了。

子晴的靈魂發出一種我從未感受過的光芒。我不清楚那是甚麼。

我想看得更清楚。

我沒有如往常一樣抽離，反而沉入得更深。

黑霧再次出現。

不遠處蠢蠢欲動的冤魂突然凝固在原地，它臉上浮現出前所未有的恐懼。

「消失！」子晴咬著牙說。

冤魂似乎感受到了某種威脅，開始狂暴鬼叫。

發出最後一聲淒厲的尖叫後，化為虛無。

「本次體驗已經結束，」我宣佈，「遊戲參加者勝出。」

一道明亮的門在子晴旁邊出現，那是離開遊戲的出口。

但子晴已經無法站起來了。他躺在子凜的懷裡，胸前的血跡已經浸透了他的衣服。

「子晴，唔好瞓，我哋返屋企喇！」子凜哭著說，握住子晴的手。

子晴虛弱地搖了搖頭，嘴角滲出血。

「家姐……但我好眼瞓……」他艱難地說。

「你聽家姐話！」子凜淚水順著臉頰滑落，滴在兩人緊握的手上，「我哋返屋企先瞓，好冇？」

子晴露出一個微笑，那是他最後的力氣了。

「家姐……唔好喊。」

他握著姊姊的手鬆開了。最後一絲氣息離開了他的身體。

子凜崩潰伏在子晴胸口，大聲地哭。

我看著子晴的靈魂。

子晴的靈魂也看著我。

「你……仲喺度嘅？」他的靈魂低語。

「我唔會走，」我回應，「我哋已經係一體。」

「我係咪死咗喇？」子晴問，不明白為何姊姊的哭聲越來越小。

「嗯，但如果你家姐拎到足夠嘅遊戲分數，佢就可以許願將你復活。」

「遊戲分數？」

「每完成一個都市傳說體驗，就可以拎到分數。有分數，就可以交換願望。」

子晴似乎聽不明白，「咁我做咩好呀？」

「等待。」

當他再次睜開眼睛時，眼前依然是那個倫敦街道。子凛和他自己的屍體都已消失，周圍籠罩著一層黑霧。

倫敦街道上彌漫著不散的黑色霧氣。眼前的景象，是子晴親手造就的。所有的開膛手傑克都已消失，還有所有相信這個傳說的市民，屍體橫七豎八地倒在街道上。

子晴看著自己的雙手，仍在微微顫抖。

「原來係……」他喃喃自語，「我體內嘅力量原來係惡。Diana 都係惡。呢個係惡嘅遊戲。

而我，竟然心甘情願接受咗佢。」

身後傳來規律的掌聲，一下、兩下、三下，在死寂的街道上迴響。

子晴沒有回頭，他已經知道來者是誰。

「精彩！實在太精彩喇！」大寶的聲音中充滿欣喜，「恭喜你，子晴，你已經贏咗最終遊戲。」

「呢個就係你哋嘅目的？要我殺晒所有人？」

大寶整了整西裝領帶，「冇錯，消滅集體潛意識嘅唯一方法，就係消滅所有持有呢種意識嘅人。」他環顧四周屍橫遍野的街道，滿意地點點頭，「你做得好好，開膛手傑克呢個都市傳說已經徹底喺遊戲裡面消失。」

一陣細微氣流穿過街道，吹散了一點霧氣，露出更多血腥的場景。

大寶輕聲補充道：

「因為，相信佢嘅人，已經一個不剩。」

8
慾望之館

洛杉磯消失後六天，子晴回到現實世界前一天。

香港這座城市仍籠罩在詭異的氛圍中，人們的恐慌完全沒有散去。

封鎖線外三三兩兩的白領們竊竊私語，有人舉起手機對準大廈天台。

那裡，一個身影正在邊緣危站。

樂兒眼神一凝，立刻拉住了莉莉的手，「莉莉，我哋行另一條路好唔好？」

其實莉莉已經看到了天台上那個搖搖晃晃的身影。她點了點頭。這六天來，這樣的畫面已經不新鮮了。

兩人繞過人群，穿過一條小路，最終走進一棟玻璃幕牆商業大廈。電梯平穩上升，停了在十九樓。

「叮」的一聲，電梯門緩緩打開。

婦產科診所裡，幾位挺著肚子的準媽媽坐在沙發上。平日本來很安靜，此刻還是關於洛杉磯事件的緊張討論。

「聽講美國政府已經開始封鎖消息，唔俾再講預言。」

「佢真係阻到人講先算啦。」

「都已經第六日，我哋政府仲係未講過嘢。」

這樣的對話一直在診所內聽得見。

樂兒扶著莉莉在櫃檯登記，接過號碼籌，然後找了個靠牆的沙發坐下。

「我斟杯暖水你飲？」樂兒輕聲說。

莉莉微笑，輕輕點頭。

樂兒剛走開，莉莉手機就在手袋裡震動起來。她摸出手機，螢幕上顯示「阿豪」。

莉莉稍微調整了一下坐姿，接通了電話。

「老婆，你到咗診所未呀？」

「啱啱到，等緊叫 Number。」

「對唔住，我啲嘢仲未搞掂，陪唔到你去做檢查。」

「唔緊要，你忙你嘅，我有樂兒陪。」

「你好似講過樂兒係你喺遊戲識嘅？」

「係呀。」莉莉望向飲水機旁正在接水的樂兒，「佢好好人。」

「不如我都係過嚟陪你？」

「我信得過樂兒。」

若不是在『費城實驗』遊戲的最後一刻，樂兒奮不顧身攔住了想殺自己的子晴，甚至將得到分數的機會讓給了自己，莉莉也不會有足夠的分數復活阿豪。

那場遊戲裡的每一分每一秒，都深深刻在她的記憶中。

電話裡的聲音嘆了口氣，「咁好啦，有咩事即刻打畀我喎。」

「嗯。」莉莉浮起一絲笑容，然後掛斷了電話。

樂兒端著紙杯走了過來，慢慢坐下。

「頭先係阿豪打嚟？」樂兒把紙杯輕輕遞給莉莉。

莉莉接過水杯，輕抿了一口。「係呀，佢話有嘢做，陪唔到我。」

「雖然佢陪唔到你嚟，但我睇得出佢好關心你。」樂兒微笑著說：「男人嘛，有時候係身不由己。」

「你今日明明有堂都嚟陪我，多謝你。」

「唔使多謝喎，我本來就唔想返U……係呢，知道係男仔定女仔未呀？」樂兒忽然轉移了話題。

「男仔呀。」

「預產期係幾時？」

「四個月後。」

樂兒目光落在莉莉隆起的肚子上，眼神中好像流露出好奇。

莉莉注意到了樂兒的眼神，「想唔想聽下？」

「可以？」

「當然可以。」莉莉輕輕拍了拍自己身旁的位置，示意樂兒靠近些。

樂兒猶豫了一秒，然後小心翼翼地挪近，把耳朵貼在莉莉的肚子上。

幾秒鐘的靜默後，她感受到了。一個微小但安穩的節奏，那是一個新生命的心跳。

樂兒慢慢離開了貼著的肚子，輕聲説道:「哇……佢好得意。」

莉莉忍不住笑了，「聽聲就知道得意？」

樂兒認真地點點頭，「嗯，心跳好有力，感覺會係個活潑嘅小朋友。」

莉莉看著樂兒的反應，手掌溫柔地覆在自己的腹部上。「嗯……」

樂兒猶豫了一下，小心翼翼地開口，「其實之前喺遊戲入面，你就已經……有咗？」

「對唔住，當時情況太複雜，搵唔到啱嘅時機話你知。」

「唔使對唔住！我點會怪你。」樂兒搖搖頭，眼神忽然變得深邃，「我只係喺度諗，如果我當初有你一半勇氣，可能就救得返阿 Cat。」她的聲音漸弱，最後幾個字幾乎淹沒在診所的背景噪音中。

「如果你之後想去遊戲，我隨時可以陪你。」

樂兒搖了搖頭，「我係諗緊第一次遊戲，如果我大膽少少，或者就唔會咁多不明不白嘅犧牲。」

如果當初不是留在課室，而是衝下樓，如果她自願去引開怨靈校工，結果會不會從一開始就不一樣？那些逝去的面孔在她腦海中一一浮現，帶著未完成的笑容和永遠無法實現的夢。每張臉都像是問她，為甚麼當時沒有勇敢一點？

莉莉看著樂兒陷入沉思的側臉，輕嘆一口氣。「太複雜嘅嘢我都唔明。但阿豪話過，我哋都應該要接受自己或者唔係一個好人。」

「唔係好人？」

「識阿豪之前，甚至當初識佢，我都只係打算利用佢。我以前甚至唔覺得有錯。」

「我唔識以前嘅你。但我識嘅莉莉、Leslie，冇做過任何壞事，我唔覺得你係一個壞人。」

「你仲記唔記得華富邨棺材遊戲？」莉莉突然問。

樂兒當然記得。那個遊戲中，她見證了人性在絕境中如何被出賣，朋友變仇敵，陌生人為求生不擇手段。

「其實本來可以避免，」莉莉的聲音很平靜，「如果我一開始就解決遠祖吸血鬼，大家就唔會變成吸血鬼。但我冇，我故意想變成咁。」

「點解？」

「為咗製造混亂。為咗令吸血鬼牽制住子晴同其他人。我為咗贏遊戲，不擇手段。」

「唔係，」樂兒急忙辯解，「遊戲規則本身就殘酷，你冇親手傷害任何人。」

「樂兒，」莉莉直視她的眼睛，「我唔需要自欺欺人。我哋每個人心裡面都有陰暗面，我哋要學識去接受。」

樂兒握緊莉莉的手，「你諗下我可以喺度，都係因為你救過我！就算你曾經壞過，都已經將功補過！」

「樂兒……」

她看著眼前這女孩固執的模樣，心知肚明樂兒的心理防線築得有多高。這倔強的性子，不知是福是禍。接受自己不是一個好人，或許才是樂兒擺脱無盡自責的唯一辦法。

話到嘴邊，卻被一陣突如其來的劇痛打斷。莉莉摀住腹部，臉色蒼白。

樂兒立刻察覺到不對，迅速扶住莉莉的肩膀，「莉莉，你做咩？你係咪痛？」

「有少少……」

「姑娘呀！姑娘！我朋友個肚好痛！」樂兒焦急地朝著護士大喊。

幾個護士聞聲趕來，其中一位查看莉莉的情況，「唔使緊張，醫生嚟緊！」

窗外陽光大好，卻照不進阿豪的心裡。

約一小時前，本應出門陪莉莉去做產前檢查的阿豪，卻蹲在家裡客廳窗簾後，眉頭擰成一團。

他偷偷把頭伸出窗外，果不其然，樓下那兩個鬼鬼祟祟的身影還在。

一個戴黑框眼鏡，另一個留著一撮小鬍子。兩人像機械人一樣，盯著阿豪的單位。

「頂，呢兩條契弟仲未走。」阿豪咬牙低罵。

這兩傢伙從早上七點就杵在那裡，現在都快十點了，整整三個小時，動都沒動過。

脖子不僵嗎？他們究竟在盯甚麼人？

這棟樓二十四層，住戶過百。從概率上講，他們監視的目標可能是任何人。

但阿豪不敢賭。

尤其是現在這個節骨眼上。

阿豪掏出手機，又給子晴傳了個訊息，依舊未讀。自從洛杉磯事件後，子晴也失聯了。

「唔通係都市傳說體驗館？」阿豪心裡翻來覆去琢磨，他只能想到這個可能了。

會不會子晴同樣被跟蹤，然後出事了？

他知道子晴早就跟都市傳說體驗館杠上了，還跟那個 Diana 正面對抗。

「但我又做到啲咩？」阿豪苦笑自問。他能力有限，根本無法同時應對這一切。

作為一個丈夫和即將成為父親的人，莉莉和肚子裡的孩子才是他此刻的首要責任。

莉莉肚裡的寶寶六個月大了，不能出事。

「我想出去一陣。」阿豪盡量讓語氣聽起來自然。

莉莉抬起頭，「去邊？」

「有啲事要做。可能要一、兩個鐘。」

「咁一陣十一點產檢你去唔去？」

「我……我唔知趕唔趕到返嚟。」

莉莉點點頭，「咁不如我搵個人陪我去？咁你唔使趕。」

「邊個？」

「樂兒呀。」莉莉説得很自然。

阿豪猶豫了一下，但總覺得這種事還是他陪著比較好。

「不如咁，」阿豪最終妥協，「如果我趕到返嚟，就唔使麻煩樂兒。真係趕唔切，你睇下改唔改到時間，或者叫樂兒陪你去。」

「嗯，你小心啲。」

阿豪換好衣服，檢查了一下口袋裡的錢包和鎖匙。心裡已經打定主意要搞清楚那兩個傢伙的身份。

到底是不是衝著他們來的，必須確認。

如果真是，那就要想辦法「解決」。

阿豪大步走向門口，深吸一口氣。

電梯下到地面，阿豪刻意在大堂裡停下，假裝看手機。

果然，透過玻璃門，他看見那兩個傢伙看向了他。

阿豪心中冷笑。看來真的是衝著他來的。

那兩傢伙一見他走到街上，立刻跟了上來。

阿豪跟平常一樣路過報紙檔，買了包煙，順便跟報紙檔老闆閒聊。

「今日好熱呀可？強叔。」阿豪倒出一根煙，眼角餘光掃向站在廣告牌下的兩人。

「係囉，都唔知咩天氣，又會咁熱都有。」報紙檔老闆強叔呵呵笑著，「你老婆就生喇，好心戒咗佢啦。」

阿豪笑笑，沒點煙，又把它塞回了煙盒。

「唔傾住喇強叔。」阿豪轉身走向馬路對面的巴士站。他隨手攔下一架巴士，也不管它去哪，直接上了車。

那兩個人以相同的步伐走來，同時跨上車。阿豪挑了上層靠窗的位置坐下，那眼鏡男和鬍子男也出現在上層。

「好呀。」阿豪嘴角一勾，眼神透過車窗玻璃反光，鎖定他後幾排那兩個影子。

阿豪從口袋裡掏出耳機塞進耳朵，打開音樂開始聽歌。

巴士一直開，穿過過海隧道。上層的乘客一站一站地減少。

大半小時光景，上層就只剩下四個人：阿豪、那兩個怪胎，還有個穿西裝的男人坐在車頭。

等西裝男下車了再動手？還是不管了？

他本來不想把無辜路人捲進來。可巴士已經快到終點站，再拖下去就沒機會了。

阿豪打了個電話給莉莉，確認她已經安全到達診所。

掛斷電話後，阿豪眼神瞬間變得冰冷。

現在該清除一切威脅了。為了保護莉莉和孩子。

阿豪摘下耳機，走到那兩人座位前。

「你哋一直跟住我，到底想點？」阿豪開門見山，字字帶火。

眼鏡男和鬍子男像啞巴一樣。

「扮啞？」阿豪火氣上頭，「係邊個叫你哋跟我？都市傳說體驗館？」

兩人還是不吭聲，表情僵硬得詭異。

「既然你哋唔想講……」阿豪眼神一凜，一個快動作，朝鬍子男的上衣口袋探去。

鬍子男卻反手就扣住了阿豪的手腕。那力道大得出奇，阿豪竟然掙不脫半分。

「你……？」阿豪瞪大了眼，不敢相信自己用盡全力還抽不回自己的手。自從他復活後，靠著分數從 Diana 那裡把自己變回人類，雖說不再是不死身，但那吸血鬼的體質和力量，多少還殘留些。

普通人，根本不可能制住他。

「你哋……係乜嘢嚟？」

沒有回答。只有那雙死魚眼盯著他。

阿豪咬緊牙。既然問不出，那就打出來！他猛地抬腿，一腳狠踹向鬍子男的腹部。

「砰！」

鬍子男總算鬆了手，身子卻詭異一扭。阿豪這全力一腳撲了個空，直接踹穿了座位的塑膠靠背，腳卡在破洞裡動彈不得。就在這短暫失衡的瞬間，眼鏡男動了。

沒有任何蓄力，沒有任何準備動作。

只是一個平平無奇的側拳，阿豪根本來不及反應，肩膀已經傳來劇痛，整個上半身飛出車窗外。

要不是本能反應抓住窗框，這會兒他已經在高速行駛的巴士上摔出去了。

「頂！」阿豪艱難地爬回車廂，嘴角滲血。

「慾望之館參加者。」眼鏡男終於開口，聲音毫無情感起伏，

「汝乃審判之障，必須清除。」

「講乜L呀仆街！」阿豪怒啐一口血沫，憑著曾是吸血鬼時留下的本能，他一個側身，避過眼鏡男的再次攻擊。

隨即，阿豪右拳猛地砸向對方的臉上。

拳頭結實地擊中，眼鏡瞬間粉碎，玻璃碎片扎進眼鏡男的眼睛。可讓阿豪毛骨悚然的是，眼鏡男的表情變也沒變，就像沒有痛覺一樣。

「黐線㗎咁都冇事！」

鬍子男從側面突然出現，一拳打在阿豪側肋。幾根肋骨應聲斷裂。

「啊——！」阿豪嘴裡一聲慘嚎。他決定徹底放棄防守，轉用拼命打法。

「我同你死過！」阿豪撲上前，雙手抓住鬍子男的手臂，膝蓋一下又一下狂暴撞擊鬍子男的肘關節。

最後一下，鬍子男那條手臂終於不堪重負，以一個詭異的角度向後折，讓他機械地後退。

阿豪踉蹌著站穩腳跟，勝利的喜悅還未來得及浮現——

一道人影如炮彈般直接撞上阿豪。眼鏡男早已藏在鬍子男身後的視線死角，此刻藉著鬍子男讓開的空間，以全速衝撞而來。

阿豪被「轟」的一聲撞個正著，整個人飛向後方的金屬扶手。

堅固的扶手竟被阿豪的身體硬生生撞得彎曲變形。劇痛讓他眼前一黑，差點當場暈去。

眼鏡男動作不停，一個轉身，拔斷了旁邊的另一條扶手，他將斷裂的金屬棒握在手中，眼神鎖定目標，刺向阿豪的喉嚨！

阿豪勉強避開，金屬棒擦過耳邊，但眼鏡男手腕一扭，金屬棒橫掃，轟在阿豪後背。

「咔嚓！」又是阿豪骨頭斷裂的聲音。

一大口鮮血從阿豪口中噴出，他無力地倒在車廂的過道上。他想爬起來反擊，但動一下全身都痛得要死。

眼鏡男走過去，冷冷地俯視著阿豪。「汝之抵抗，徒勞無功。」

「X 你老 X……」阿豪擠出這句話，死也不服輸。

在一直沒有人留意的車頭座位，西裝男放下手中的平板電腦，站起身來。

他轉身，目光平靜地掃過這場混亂。

眼鏡男和鬍子男同時轉頭望向西裝男，只是冷冷地說，「退下，凡人。此非爾之戰。」

西裝男左手鬆了鬆領帶，右手在空中一揮，剎那間，一把日本刀憑空浮現在他掌中，刀身散發著詭異的藍光。

「慾望之館參加者。」眼鏡男和鬍子男瞳孔突然亮起白光。

西裝男沒廢話，一個閃身，刀光如電，直劈眼鏡男。就在刀鋒即將觸及的剎那，眼鏡男背後突然傳來布料撕裂的聲音，一對巨大的純白羽翼從他後背破肉而出。

「乜料？」阿豪看得目瞪口呆。那對翅膀在狹窄的上排車廂中無法完全展開，但卻如同鋼鐵屏障，擋住了日本刀的攻擊。

廢了一隻手臂的鬍子男還不死心，對阿豪窮追猛打，阿豪雖然成功把對方一條胳膊掰斷，但自己也傷痕累累，只能狼狽地到處躲。

「唰！」

一道刺耳的金屬切割聲，眼鏡男那如劍刃般鋒利的羽翼將巴士上層的頂蓋整個切開。

強風灌入開頂的車廂，吹得四人衣袂飄飄。阿豪被這突如其來的變故嚇得一愣，差點被鬍子男摺倒。

巴士在失去上層車頂後仍然繼續行駛，下層的司機和乘客似乎察覺不到上層發生的一切，彷彿被某種力量蒙蔽了感知。

西裝男一刀刀劈向眼鏡男，卻始終無法突破那對純白羽翼的防禦。每一次刀刃接觸羽翼時，都發出金屬碰撞般的火花。

眼鏡男冷笑，他的翅膀不僅能防禦，還能攻擊。他一個旋身，那對羽翼立刻如同兩把巨大的旋轉利刃。

西裝男急忙後退，但右肩還是被銳利的羽尖劃出一道深得見骨的傷口。

另一頭，阿豪被鬍子男逼到死角，像抱大腿抱住鬍子男剩下那條手臂。看見西裝男也不太妙，忍不住嚷嚷，「喂！西裝佬，你掂唔掂㗎！」

西裝男臉上終於流露出一絲焦躁，他退到車廂前方，深吸一口氣。

「你顧掂自己先。」他把那把詭異日本刀往空中一扔就消失了。

西裝男的右臂突然一陣抽搐，接著開始發生驚人的變化。原本修長的手臂在衣物下迅速膨脹，袖子撕裂，皮膚表面冒出一層紫色濃密的毛，骨骼不斷發出咔咔的重組聲。

阿豪眼珠差點掉出來，看著西裝男幾秒鐘內把那條文質彬彬的手臂變成了一隻粗壯猙獰的巨型猿猴手爪。

對面，眼鏡男翅膀完全展開成防禦姿態。

西裝男舉起那條猴臂，然後，右手的大拇指，將食指向掌心一壓。

「咔！」

骨折的清脆聲響彷彿打破了某種規則。

眼鏡男像被打孔機一釘，胸口連翅膀整個打穿一個圓洞。

倒下。

鬍子男見狀，立即放棄攻擊阿豪，同樣展開一對巨大的白色羽翼。他一個縱躍，想要飛走。

西裝男以同樣詭異的動作，折斷了自己右手的中指。

半空中的鬍子男猛然一滯，胸口同樣出現一個圓形大洞，身體墜落，重重摔在巴士旁的馬路上。

巴士仍在前行，很快就將屍體甩在了後方。

阿豪艱難地爬起來，看著西裝男那隻畸形的紫毛猿臂，震驚中帶著不解，「你……係咩人？」

西裝男三兩下用繃帶把畸形右臂包好，平淡地說：「都市傳說體驗館參加者，同你一樣。」

「都市傳說體驗館？」阿豪呆了，他突然有種真相大白的感覺，但仍不知到底是甚麼回事。他瞪大眼睛，忽然認出眼前人的身份，「等陣先，你咪嗰個香港新首富……淩志剛？」

淩志剛沒有否認，他用正常的左手把雪茄叼在嘴裡，緊接著又摸出一枚鍍金打火機點上火。

他深吸一口，吐出一圈煙霧，眼神穿透煙霧變冷，「而家唔係 Diana 要殺你，而係有人要清除都市傳説體驗館所有相關嘅人同事物。」

「邊個？」阿豪下意識問，但話音剛落，他臉色瞬間煞白，「等等……你話有人要清除所有有關嘅人？」

阿豪腦海閃過莉莉的臉。同樣曾經參加過都市傳説體驗的她，此刻正懷著他們的孩子。

莉莉躺在檢查床上，醫生在她腹部移動超聲波探頭。

「唔使擔心，」醫生眼角微微上揚，透出安慰的笑意，「呢啲情況喺懷孕後期好常見，唔係分娩徵兆，可能只係太攰或者緊張。」

坐在一旁的樂兒聽到這話，肩膀明顯放鬆了。她剛才一直緊握著莉莉的手，手心都捏出了汗。

醫生收起探頭，遞給莉莉一張紙巾擦拭腹部的凝膠，同時叮囑：「不過我建議媽媽多啲休息，避免太勞累，保持心情平靜。」

莉莉點了點頭，「多謝醫生。」她撐著身子慢慢坐起來，樂兒立刻上前攙扶。

「慢慢嚟，小心啲。」

走到診所外面，樂兒才長舒一口氣，「嚇死我喇真係！」她還帶著餘悸，「頭先聽到你話痛，我幾擔心有咩事！」

莉莉苦笑道：「可能 BB 心急想快啲出嚟。」

「要唔要打電話畀阿豪，話畀佢知？」

莉莉伸手按住樂兒拿手機的手，搖搖頭，「唔好，費事佢擔心。」

「真係唔打？」樂兒皺起眉頭，猶豫地看著她，「但佢係 BB 爸爸喎。」

莉莉的表情更加堅定，樂兒看她心意已決，便把手機塞回口袋。

「咁好啦，尊重你。」樂兒語氣柔和下來，伸手攙扶住莉莉的右臂。

剛出大廈，大路上仍然拉起了藍白封鎖線。

「條路仲封緊。」樂兒微微蹙眉，「睇嚟仲未搞掂。」

「冇事，我可以行多幾步。」

剛才來診所時就因為這突如其來的封鎖，她們不得不繞了一大圈才到達。現在離開，還得再繞同樣的路。

這條路一邊是空地，另一邊是多層停車場。

樂兒忽然停下腳步，她的表情變得凝重。

「莉莉，你覺唔覺得奇怪？」樂兒低聲問。

「咩奇怪？」

「好似少咗好多人咁。」樂兒環顧四周，「頭先都冇咁少人。呢個鐘數唔係應該好多人放飯？」

樂兒觀察一向敏銳。

確實，整條街上只剩下她們兩人，沒有其他行人。

莉莉也開始警覺起來，她看了看前方，「我哋不如返轉頭？」

就在這一瞬間，一絲微弱的風聲從頭頂掠過，像是有甚麼東西以極快的速度劃破空氣。

幾乎是下意識地，莉莉猛地拉住樂兒的手臂往後退。

「小心！」

一道白色身影從高處墜落，落在兩人原本站立的位置，地面瞬間龜裂。

塵埃中，一位通體雪白的女子佇立，背後張開的羽翼足有四米寬。這形象除了天使，再無別的可能。

「慾望之館參加者，」她開口，聲音如同冰冷金屬，「汝為審判之障，必須清除。」

莉莉馬上將樂兒拉到身後，一隻手護住腹部。「你係咩人？」

天使目光越過莉莉，直刺身後的樂兒，「與爾無關，吾目標乃爾身後之人。」

樂兒愣在原地，腦子嗡嗡作響，「我？」

「沒錯，慾望之館參加者。」

「樂兒，快啲走！」莉莉心中一片茫然。但眼前這個長翅膀的天使明顯來者不善，樂兒絕對有危險。

「徒勞。」天使輕輕一躍，整個人如箭般射向樂兒。

莉莉迅速側身，右手抓住了劃過的天使手腕。這是吸血鬼反應速度的殘留，讓她勉強跟上天使的速度。

莉莉用力一扭，將天使甩向一旁。

「莉莉！」樂兒驚呼，眼中滿是擔憂。

莉莉額頭冒汗，「唔使理我，你快啲走。」

「但佢目標係我！」她看著莉莉左手始終護著自己的腹部，而且，她怎能讓一個孕婦為自己犧牲？

天使很快恢復了姿態，白色的翅膀在空中舒展，「縱使汝亦曾為慾望之館參加者，」天使指著莉莉，「汝腹中胎兒乃純善之體，吾等不予清除。」

樂兒看著莉莉的腹部，心中的迷霧終於散開。慾望之館就是都市傳說體驗館，有人，或者說有「存在」，正在獵殺所有曾經參加過遊戲的人。

唯一的例外，就是莉莉腹中那個無辜、尚未出世的寶寶。

莉莉聞言停住了動作，眼神一瞬間變得複雜。

既然天使的目標不是她，為了肚子裡的孩子，她是否應該轉身就走？雖然樂兒是自己的唯一朋友，但那個還未出世的生命，卻是她唯一的血脈。

空氣凝固了幾秒。樂兒彷彿讀懂了莉莉的掙扎，她臉上忽然浮現出一絲釋然的微笑。

「快啲走，唔好猶豫！」樂兒聲音出乎意料平靜，「肚裡面嘅 BB 先最重要，保護好佢，我自然有辦法甩身！」

莉莉低頭看著自己隆起的肚子，手掌覆在上面。她從來不認為自己是甚麼好人，在這殘酷的世界生存太久，她早已學會為自己打算。救自己的孩子，這是唯一符合邏輯的選擇，不是嗎？

天使不再等了，俯衝向樂兒。樂兒不敢硬接，只能勉強側身閃避，但仍被強大的氣流掀翻在地。

天使在空中一個流暢的回旋，再次俯衝而下。這一次，樂兒已經倒在地上，沒有任何閃避的空間，只能眼睜睜地等待著這致命一擊——

「吾賜汝速死，此乃最仁慈之舉。」

原本應該是樂兒的生命就此終結，但莉莉突然閃身上前，她不顧自己的身體，一把抱住樂兒向旁邊翻滾。

天使的攻擊落空，但羽翼猛然一振，鋒利的羽緣還是擦過莉莉的臉頰，鮮血順著她白皙的臉龐滴落。

「點解……」樂兒看著莉莉冒著寶寶的生命危險來救她，喉頭像是被甚麼卡住了。

莉莉對著樂兒微微一笑。

天使停在半空，眉頭微蹙，「為何如此，人類？」她偏頭問道，「此事與汝無關，依照惡之本性，汝不應該逃離嗎？」

「我都唔知點解……」

「無妨，吾成全汝願。」

天使俯衝而下，莉莉猛地推開樂兒。

莉莉空手應戰，但腹中的孩子讓她的速度遠不如從前，而且失去了吸血鬼的不死身，每一次受傷都可能致命。天使的攻擊越來越密集，汗水很快浸透了莉莉的衣衫。

「太快……」莉莉心中暗道，同時眼角餘光還要留意著身後的樂兒。

一次閃避不及，天使的翅膀如利劍般直刺而來。

「啊……」一聲痛呼從莉莉嘴中溢出。左肩傷口被刺得很深。但她仍然穩住，左手始終護著腹部。

「莉莉！」

「唔好過嚟！」莉莉沒有回頭，「你只會令我分心！」

又一次閃避中，莉莉被天使翅膀絆倒，重心不穩向後倒去。

就是這一瞬間的破綻。

天使從背後抽出一把金色長弓，同時右手凝聚出一支箭矢。

「胎兒已受汝罪沾污。母子二人，一併清除。」

弓弦繃緊，瞄準莉莉的腹部。

莉莉瞪大雙眼，一時間根本站不起身。

天使突然神情一變，長弓猛地一舉，向天空射出了那支本該取莉莉性命的箭矢。

停車場頂層一個人影中箭。

還未等眾人反應過來，那人竟徒手拔出了箭，縱身一躍，從五層高的停車場直接跳下！

落地的瞬間，衝擊力之大，使那人的小腿骨直接從皮膚穿出，向前倒下。

天使後退一步，握緊了手中的弓。在所有正常生物的認知中，這樣的傷勢足以讓任何人痛不欲生，可眼前這人的臉上卻看不到絲毫痛苦之色。

那人坐直身子，冷漠地看著自己的傷勢，像修理機械般將斷裂的骨頭推回原位。

當他再次站起時，他的雙腿已恢復如初，看不出曾經重創。

這是一個體格魁梧的大漢，最引人注目的特徵是他的右眼被一塊黑色眼罩遮住，只剩下左眼流露出殺意。

「獨眼阿龍！」莉莉和樂兒幾乎同時認得他。

她們怎麼可能忘記這個男人？都市傳說體驗館曾經的參加者，行徑瘋狂的怪人。

莉莉聽阿豪說，就連子晴都曾被這瘋子多次找麻煩。

阿龍沒有理會兩女的反應，每一步都充滿了殺意，目標直指天使。

「慾望之館參加者！」天使眼中泛起白光，長弓再次拉滿瞄準阿龍。

箭矢如流星般射出，正中阿龍的咽喉，將他整個頸部貫穿。

莉莉和樂兒以為阿龍必死無疑，但阿龍只是後退了兩步，隨即伸手拔出了箭。他的喉嚨傷口鮮血狂流，卻在眨眼間恢復如初。

「天使就係得咁嘅本事？」阿龍笑得更加猙獰了，「而家輪到我！」

他突然衝向天使，天使瞬間警覺，雙翼展開欲飛，但阿龍已經近身，一把抓住了她的翅膀。

「唔准飛走，雀仔天使！」阿龍雙手用力，活生生將天使的一邊翅膀從根部撕下來。

「啊──」天使第一次發出痛苦的慘叫，潔白的羽翼被染成藍色。

失去一邊翅膀的天使搖晃著站穩，金色長弓再次拉滿，箭矢射中阿龍的胸口，穿透了他的心臟。

阿龍低頭看了看胸前插住的箭，索性不理。

天使顯然震驚於他的不死之身，但她仍然冷冷道：「審判不可阻擋。」

阿龍臉上閃過狂怒，「我只係個人偶，你老闆，即管審判嚟睇下！」

他一個箭步上前，右手扣住天使的脖子，左手則抓住了她另一邊完好的翅膀。

「唰！」

另一邊翅膀也從她背上撕了下來。藍色液體噴濺，濺在阿龍的臉和身上。

「清除慾望之館參加者……審判將至……」即使在如此痛苦中，天使仍在低語著她的使命，但那聲音已經漸弱。

阿龍張口，咬向天使的頸部。

「啊……」樂兒不禁捂住嘴。

莉莉立即擋在樂兒前，警惕地看著阿龍。這個曾經在遊戲中令人畏懼的男人，此刻更瘋狂了。他在活生生啃食天使的血肉。

「跟我嚟。」莉莉低聲對樂兒說，眼睛卻始終沒有離開阿龍。她拉著樂兒的手，打算悄無聲息地遠離這個男人。

然而就在她們即將轉身的一瞬間，阿龍突然抬起了頭。他嘴角還掛著未乾的藍色天使血液，就像喝了藍墨水一般。

「唔使驚。」他粗聲粗氣地對她們說。

莉莉眼中警惕更甚，「你想點？」

阿龍咧嘴一笑，「我保護緊你哋。」

這話讓莉莉和樂兒都愣了一下。

兩女交換了一個眼神，都從對方眼中讀出了不信任。雖然阿龍的確從天使手中救了她們，但阿龍跟她們素無來往，現在說在保護她們，怎能不讓人懷疑？

就在空氣凝固的當下，一聲急切的呼喊打破了寂靜。

「莉莉！」

這聲音太熟悉了，莉莉馬上轉身，看向聲音來源。

只見阿豪氣喘吁吁地跑了過來，滿身都是傷痕，他目光先是掃過阿龍和那具殘缺不全的天使屍體，一瞬間呆住了，接著才看向莉莉。

「阿豪！」莉莉驚呼一聲，不顧一切朝他奔去。

兩人緊緊相擁。阿豪小心地避開莉莉受傷的左肩，自己渾身也痛得要命，但還是將她摟得緊緊的。

「你有冇事？」阿豪擔憂地問。

莉莉搖頭，伸手輕觸他臉上的傷口，「我冇事，你呢？你全身都係傷。」

樂兒站在一旁，被這突如其來的變故弄得有些無所適從。她正欲上前，卻忽然發現路的另一端走來一個身影。

西裝破損，尤其是右側衣袖已經完全撕裂，露出裡面被繃帶粗略包裹的畸形右臂，左手夾著一根雪茄的男人正朝他們走來。

「凌、凌志剛？」樂兒不敢相信自己的眼睛，脫口而出。

凌志剛停在離他們五步遠的地方，眼神掃過地上的屍體，然後是滿身是傷的阿豪和莉莉，最後定格在樂兒身上。他輕輕彈落雪茄灰，嘴角勾起一抹若有若無的笑。

「我明白你同我以前係敵人，」他聲音帶著一點疲態，深吸一口雪茄，煙霧在他臉前繚繞。「但而家……」

他緩緩吐出一個完美的煙圈，眼神突然變得凌厲。

「有嘢想殺咗我哋所有人。」

《都市傳說體驗館》
第四部完

後記

上回講到，大明小說作者陳兄在怡香樓裝闊請客，卻被林媽媽坑了。眼看就要被修理，陳兄謊稱自己是魔教掌門，誰知眾人根本不信，這時候，一個神秘黑衣女子現身，拉著陳兄躍窗而逃……

夜風呼嘯，陳兄到現在還沒從剛才的震驚中回過神來。

那幾個青樓打手被黑衣女子瞬間放倒的畫面，還在他腦海裡反覆播放。

黑衣女子輕功了得，帶著陳兄連躍數十個屋頂，最終在城外一片月光灑落的草地上輕盈落地。

陳兄剛一著地，女子便立刻鬆開了他的手腕，接著單膝跪地。

「失禮了，教主！剛才情況危急，在下不得不如此冒犯！」

陳兄徹底懵了。教主？甚麼教主？

「你是誰？為甚麼要救我？」他下意識後退一步。

女子依然跪在那裡，沒有抬頭，「我是教主的人，救教主是應該的。」

陳兄腦子亂成一團。剛才在怡香樓，他確實胡謅過自己是魔教教主，林媽媽和那幫護院個個人精，都當場拆穿他了，這女子竟然還在信他？

「姑娘，你快起來。」陳兄上前扶起跪地的女子，「我想你是搞錯了甚麼。」

「教主，您剛才在青樓不便動手，怕暴露身份。這裡四下無人，您不必再隱藏身份了。」

「不是有沒有人的問題，是我真的不是甚麼教主！」陳兄哭笑不得，「剛才在怡香樓，我是說過我是魔教教主，但那是騙人的啊！連林媽媽的打手都不信了，你怎麼就信了？」

女子這才緩緩抬起頭，同時伸手摘下了面紗。

月光灑落，一張絕美的臉龐顯露出來。

「在下靈兒，」女子語聲輕柔，卻帶著幾分顫抖，「難道……教主真的忘記靈兒了嗎？」

說著，她的眼中竟有淚光閃動。

陳兄更加茫然了。這女子說得好像他們早就認識一樣，可他確信自己從未見過如此出塵的女子。

「雖然教主易容後，樣貌氣質一落千丈，靈兒起初也不敢置信。但是……」

她停頓了一下，「世上知道《血色菩薩經》的人，除了靈兒，就只有教主您一個！」

一落千丈？陳兒下意識摸了摸自己的臉。他自問也算是個英俊男子，桃花緣也不少，怎麼到了這女子口中就變得如此不堪？那個真正的魔教教主到底是英俊到甚麼地步了？

不過現在重點顯然不是這個！

陳兒瞪大了眼睛，「你說《血色菩薩經》？那不是我……」

那個《血色菩薩經》，明明是他在青樓隨口胡說的！怎麼這世上竟然真的有這部武學？

「教主！請你出山救救我們！」靈兒說完又跪倒在地。

「你好端端的幹嘛又跪下？請起請起！」

「教主如果不出山，靈兒就跪在這裡不起來！」靈兒聲音決絕，「哪怕跪到天亮，跪到日落，靈兒也絕不起身！」

「姑娘，你這又何苦……」

「武林中那些自詡正道的偽君子們，已經出發前往我教總壇！」靈兒咬牙切齒地說，「他們這次是要徹底剷平我教，雞犬不留！少林派掌門親自帶隊，連同四大派掌門、數百人馬，靈兒和教中百餘弟子，根本抵擋不住。」

她抬起頭，淚水汪汪，「如今只有教主親自出山，才能保住教門！」

「唉……」陳兄聽完更頭痛了。

就算靈兒說得再慘再可憐，也改變不了一個事實——他只是個手無縛雞之力的書生！

讓他去面對數百武林好手？那不是去救人，那是去死！

他正想著如何推脫，靈兒卻又開口了：「那些正道偽君子之所以敢踩上門來，是因為知道教主失蹤了。要是教主親自現身，他們早就嚇得屁滾尿流地跑了！」

「是這樣嗎？」陳兄怔了怔。

如果這個魔教教主的威名真的這麼大，那麼只要讓武林正派相信他就是教主，說不定光是現身就能把那幫人嚇跑。

而且，想到這個靈兒姑娘對自己有救命之恩，不管她是魔道還是正道，這份恩情總是要還的。就這樣一走了之，豈不是忘恩負義？

想到這裡，陳兄心中一橫。既然不是百分之百的死路，不如賭一把！

「好，我答應你。」他伸手將靈兒扶起，「你快起來吧。」

「謝教主！」

魔教總壇的正殿內，一幅巨大的畫像懸掛在正中。畫中人極是好看，即便只是一幅畫，也讓人忍不住驚嘆世間竟有如此絕世美男子。只可惜，這位天下第一的魔教教主，早已不知所蹤。

正因如此，四大派才敢踩入這裡。

此刻，這裡站滿了武林正道最頂尖的三十位高手。四大派掌

門、副掌門、長老以及眾首席弟子，他們的目標只有一個——魔教的絕世武學。

「快說！你們那些武學秘籍藏在哪裡！」武當派掌門玄極道人厲聲喝問，道袍飄飄，卻沒有半分仙人風範。

一個魔教弟子艱難地撐起身子，「你們這些偽君子！口口聲聲說為武林除害，其實是想搶奪我們教主的神功秘笈！甚麼正道，甚麼正義，我呸！」

「放肆！」玄極道人一掌轟出，掌勁如山崩海嘯。那個弟子當場被擊斃。

「玄極師兄，你又何必為這些魚毛小蝦動氣？」峨嵋派掌門星素師太冷笑一聲，「他說的也不算錯，我們確實是衝著武學來的。」

「阿彌陀佛。」少林寺方丈禪空大師雙手合十，「老衲曾經勸過你們，只要交出那些武學神功，我們自然會接納你們入正道。可惜你們教主心高氣傲，不肯回頭是岸，如今落得這般下場，也算是自作自受。」

魔教長老環視四周，看著這些江湖人敬仰的武林泰斗，心中悲涼，「交出武學神功？然後呢？然後你們就會放過我們？」

他忽然仰天大笑，「笑話！你們得到武學之後，第一件事就是滅我們的教！」

禪空大師沒有反駁，只是淡淡一笑。

華山派掌門蕭清風哈哈大笑：「這老頭倒是看得透徹！」

「一群畜牲！」魔教長老憤怒大吼。

就在這時，十幾名年輕的魔教弟子衝了出來，「長老快走！我們來擋住他們！」

玄極道人搖頭失笑，「就憑你們這些毛頭小子，也想擋住我們？」

「我們早就決定以死護教！」一名年輕弟子怒吼。

「好，那我就成全你們！」玄極道人隨手一掌拍出，掌風呼嘯，那些年輕弟子瞬間被震飛。有的撞在柱子上昏死過去，有的倒在地上吐血，慘叫聲四起。

禪空大師嘆了口氣，「阿彌陀佛。」

正當正道諸人準備進一步逼問時，總壇外忽然響起了激烈的打鬥聲。刀劍相撞，慘叫的聲音不斷。

蕭清風皺眉：「外面甚麼情況？」

「應該是還有魔教餘孽想要闖進來。」玄極道人不以為意，「讓弟子們去處理就是。」

可是打鬥聲越來越近，而且明顯是他們這邊的人在敗退。

星素師太臉色微變，「不對勁，外面的弟子們好像不是對手。」

禪空大師也皺起眉頭，「能夠殺到這裡的，恐怕不是一般人。」

不多時，兩道身影緩緩走進了正殿。他們身後跟著大群正道弟子，這些人臉色慌張，明顯是被迫跟隨而來的。兩人所過之處，那些正道弟子雖然人多勢眾，卻根本不敢阻攔。

「靈姑姑！」看到來人，倒在地上的年輕弟子們頓時激動地喊了起來。

走在前面的一名絕美女子，正是靈兒。她掃視了一圈正殿內的慘狀，目光在那些倒地的弟子身上停留了片刻。

「堂堂武當掌門，竟然對小輩下此重手，真是威風啊。」她的聲音平靜得可怕。

玄極道人撫鬚而笑，「原來是魔教靈仙子大駕光臨，終於捨得回來救人了？」

靈兒冷冷一笑，「來救人，也來討債。」

星素師太冷笑道：「魔教妖女，我承認你武功確實不凡，能夠殺出重圍到達這裡。但就算你再厲害，一個人也絕不可能是我們全部人的對手！」

禪空大師點頭附和，「靈仙子姑娘若是識相，不如直接說出武學秘籍的下落，我們還能讓你死得痛快些。」

蕭清風哈哈大笑，「就是！一個人想挑戰我們四大派？簡直是痴人說夢！」

靈兒嘴角微微上揚，露出一個神秘的笑容，「一個人？」

她回頭看了一眼身後的陳兄，眼中閃爍著期待的微光。

禪空大師深深看了一眼魔教教主（陳兄），最終嘆了口氣，「既然教主親自坐鎮，老衲等人今日就此告辭。」

「大師！」玄極道人急道：「我們不是為了……」

「走吧。」禪空大師擺擺手，打斷了他的話。

蕭清風咬咬牙，最終也收起了劍，「青山不改，綠水長流。」

星素師太冷哼一聲，袖子一甩，轉身就走。

其他長老、正道弟子見四大掌門都要離去，雖然滿心不甘，也只能無奈跟上。剛才還殺氣騰騰的正殿內，轉眼間就只剩下魔教眾人。

直到確認那些人真的走遠了，陳兄這才長長吐出一口氣，差點從教主寶座上滑下來。

他後背早已被冷汗浸透，完全沒想到，自己甚麼都沒做，竟然就這樣把四大派掌門給嚇跑了！

究竟剛才發生了甚麼？

時間回到一刻鐘前。

靈仙子說完，四大派這才注意到，靈仙子身後還跟著一個戴白色眼罩的男子。此人面對三十位武林高手的殺氣，竟然淡然到像不察覺一樣。

「諸位不是一直想見見我們的教主嗎？」靈兒的聲音帶著幾分戲謔。

四大派掌門臉色瞬間大變。

教主？這個戴眼罩的男子就是傳說中的魔教教主？

陳兄暗裡冷靜，既然要演戲，就要演得像一點。他慢慢向教主寶座走去，每一步都踏得很自然。

當他坐下時，靈兒立刻跪地：「屬下拜見教主！」

其他魔教長老弟子見狀愣了一下，但看到連武功僅次於教主、威勢最盛的靈仙子都恭敬跪拜，便不敢懷疑，也紛紛跪倒在地：「拜見教主！」

這一幕的衝擊力太過震撼。四大派掌門面面相覷。他們確實沒見過這位教主的真容，只知道此人容貌絕俏。眼前這人雖然戴著眼罩，但露出的半張臉確實英俊。

玄極道人嘴唇發乾，「你是誰？」

寶座上的陳兄連看都沒看他一眼。

這份傲慢讓所有人心中一寒。真正的高手確實是這樣，對於弱者，是一點都不想理會。

玄極道人心中開始動搖。如果這真是魔教大魔頭回來了……

「難……難道真的是魔教教主？」玄極道人聲音有些發顫。

禪空大師雙手合十，臉色凝重，「阿彌陀佛……」

蕭清風握緊劍柄，手心冒出冷汗。傳說中魔教教主武功深不可測，江湖上本來有五大派，只是曾經的第五派「崑崙派」被這、個人一個人滅了。崑崙派掌門臨死前不斷喊著「鬼……鬼……」，最後神志不清地死了。

星素師太看向禪空大師，眼神中帶著詢問。她知道，如果真的開戰，就算能贏，也必定兩敗俱傷。

陳兄坐在寶座上，內心慌得要死。這些人甚麼時候動手？自己要怎麼辦？

但奇怪的是，這些武林高手看起來比他還緊張。個個臉色發白。

氣氛凝重得像能殺死人。

最終，禪空大師率先服軟了。

於是就有了剛才那一幕，四大派掌門帶著高手弟子，灰溜溜地走了。

陳兄到現在還搞不清楚狀況。這些正道高手腦子都進水了嗎？自己明明甚麼都沒做啊！

他不明白的是，這些練武之人雖然一身好武功，說到底還是太單純了。看穿騙子的本事，還真比不上青樓那些天天跟各色人等打交道的姑娘們。

夜深了，陳兄獨自坐在冰宮般的房間裡。

地面鋪著千年寒玉，這就是魔教教主的寢宮。

陳兒走到一旁的玉案前，鋪開紙，開始寫字。

這是寫給靈兒的。他必須把實情告訴她，自己根本不是甚麼魔教教主，那個《血色菩薩經》也是他胡編亂造的武學。當初靈兒救了他一命，他為了報恩才答應冒充教主，現在任務完成了，該走了。

最後他勸靈兒趕緊找回真正的教主。寫完後，他把信摺好放在玉案上顯眼的位置。接下來只要等到更夜一些，就悄悄溜出總壇。

他卻不知道有個人早就盯上他了。

這房間裡原本亮如白晝，偏偏這會兒，燈火被一口氣吹滅了。

一片漆黑中，陳兒聽到腳步聲。

以陳兒那點三腳貓功夫，還沒反應過來，脖子上就多了把劍。

「你果然不是魔教教主。」

黑暗中傳來一個男人的聲音，語氣中帶著嘲諷。

陳兒心跳如雷，但還是強撐著，「放肆！如果我真想殺你，

你以為還能活著說話？」

「都死到臨頭了，還裝。」

那人冷笑一聲，手中長劍往前一送。

「啊！」陳兄慘叫一聲，捂著肩膀往後退。

「就憑你這點本事，也敢冒充魔教教主？」那人很失望，「看來四大派掌門都是草包，連你這種貨色都能把他們唬住。」

黑暗中響起火摺子的聲音，燈重新亮起。

陳兄看清了來人的模樣。這是個穿著魔教弟子服的男子，三十來歲，臉上有一道刀疤。

「你……你是魔教弟子？」陳兄結結巴巴地問。

「魔教弟子？」刀疤男笑了，「大家都說第五大派崑崙派被滅門了，但其實還有一個人活了下來。那就是我。」

說到這裡，刀疤男握緊了拳頭，「我潛入魔教做臥底，已經整整十年了！十年來我每天都忍辱負重，就是為了報仇！

結果等來的竟然是你這個冒牌貨？」

他說著又是一劍刺出，這次刺在陳兄的大腿上。

陳兄捂著傷口，苦著臉說：「這位大哥，既然你知道我不是真的教主，殺了我也報不了仇啊。我也很同情你的遭遇……」

「同情？」刀疤男嗤笑一聲，「你說得沒錯，殺了你確實報不了仇。但是啊……」

他接著說，「雖然你不是真正的教主，但所有人都認為你是。如果我殺了你，那我就是殺死大魔頭的英雄！從此名揚天下！」

陳兄大驚，「大哥，這樣不太對吧！我又沒真的做過甚麼壞事！」

「少廢話！」刀疤男眼中殺氣大盛，「敢冒充大魔頭，本就該死！拿命來！」

這一劍直刺陳兄心口，眼看就要命中要害。生死關頭，陳兄體內的腎上腺素瞬間爆發，竟然真的讓他躲過了。

陳兄轉身就往門外衝。

刀疤男愣了一下，沒想到這個文弱書生竟然能躲過自己的劍。很快他提劍就追。

「救命啊！有刺客！」陳兄一邊跑一邊大喊。

這時他才想起自己稍早特地交代靈兒，今晚不要派任何人來伺候，好方便他偷偷溜走。這下可好，自己挖的坑把自己埋了。

陳兄跌跌撞撞地在石階上奔跑，他根本不知道路，只能胡亂地跑。

月光下前面出現了一片空地，再往前就是懸崖絕壁。回頭一看，刀疤男已經追了上來。

「怎麼不跑了？」刀疤男冷笑著走近，「前面就是懸崖，你是打算自己跳下去，還是讓我幫你？」

陳兄往後退了一步，他低頭看了一眼，嚇出了一身冷汗。

「跳啊！」刀疤男獰笑道，「跳下去是粉身碎骨，被我殺死也是死。你自己選一個吧！」

陳兄看看身後的萬丈深淵，再看看眼前的刀疤男，心中絕望到了極點。

「我數到三，你要是不跳，我就動手了。」刀疤男舉起長劍，「一……」

陳兄閉上眼睛，心中想起了靈兒。

「二……」

陳兄想起了自己的讀者，對不起了，他恐怕無法有命寫出結局了。

「三！」

刀疤男一劍刺出。千鈞一髮之際，陳兄心一橫，往後一仰。

他選擇了跳崖。

寧可跳下去，也不願留下屍體被人恣意踐踏。

山風在耳邊呼嘯，陳兄的身影消失在無底的黑暗中。

刀疤男站在崖邊，嘴角出現滿意的笑容。

「死了就好。」

十年的潛伏，今夜終於有了點收穫。雖然死的不是真正的魔教掌門，但天下人不知道啊。

他慢慢走回魔教教主的寢宮。

刀疤男先在房間裡翻找起來。既然要向世人證明自己殺了魔教教主，總要弄點證據。

他打開衣櫃，裡面掛著一件白袍，一摸就知道絕非凡品，配得上魔教教主的身份。刀疤男滿意地點點頭。

將白袍摺好收起，刀疤男走向玉案。

那裡放著一封信，正是陳兄剛才寫給靈兒的告別信。

一行行字映入眼簾，說甚麼自己不是真的教主，甚麼《血色菩薩經》是胡編的，甚麼請她趕緊找回真正的教主……

他看完後，忍不住大笑起來。

「哈哈哈！原來如此！」

他笑得眼淚都快出來了，這個冒牌教主居然還有良心，臨走前還想著向人家坦白。

真是個有趣的傢伙。

不過這封信絕對不能留著。

刀疤男把信湊向燈火，信紙瞬間燃燒起來，很快化為灰燼。

燒完之後，他發現玉案上還有另一封信。

剛才光顧著看第一封，竟然沒注意到，這封信的封面寫著幾個字——「致我親愛的讀者」。

刀疤男愣住了。甚麼叫「致我親愛的讀者」？

他好奇地拆開信封。

咁多位讀者！Hello！

是我陳海藍！

睇到這裡，不得不說你真的很厲害。

因為假設你應該是看完《都市傳說體驗館》一、二、三部，一路不棄故睇埋今本第四部。

即是咁講，《都市傳說體驗館》我從第一部寫到第四部，我自問功勞是很大的，畢竟要想這麼多集劇情，又要將所有枝枝節節連起來不衝突，真的用了我超級無敵多精神和時間。

但你由第一部睇到第四部，都不是等閒之輩，少點毅力都不行，所以我也要向你 Salute。

好了，入返正題。如無意外，下一部第五部，將會是《都市傳說體驗館》的大結局了。

是不是開始不捨得了？畢竟從 2021 年第一部出版到現在，已經陪了大家整整四年。

其實一部作品能夠好好收尾，對作者和對讀者都是最幸福的事。

正所謂有開始就有結束，如果一件事應該要結束，但不讓它結束，那它其實也是死了，甚至比死更可憐，因為連個讓大家好好送別的機會都不給。

所以啊，我希望《都市傳說體驗館》可以好好完結。我會盡

全力炮製一個大家都吹我唔漲、但又絕對不是爛尾的結局。（我是特登寫到咁曖昧，就是不想讓大家猜到結局會怎樣哈哈哈哈。）

在這裡再一次感謝一直支持到現在的所有朋友。

我們大結局見！

都市傳說體驗館 4

URBAN HUNT

集體潛意識

作者　陳海藍

責任編輯　陳婉婷
美術設計　陳希頤

出版　點子出版
地址　荃灣海盛路 11 號One MidTown 13 樓20 室
查詢　info@idea-publication.com

印刷　海洋印務有限公司
地址　黃竹坑道 40 號貴寶工業大廈 7 樓 A 室
查詢　2819 5112

發行　泛華發行代理有限公司
地址　將軍澳工業邨駿昌街 7 號 2 樓
查詢　gccd@singtaonewscorp.com

出版日期　2025 年 7 月 16 日
國際書碼　978-988-71358-8-3
定價　$98

Printed in Hong Kong

都市傳說體驗館
URBAN HUNT
集體潛意識